不機嫌なコルドニエ
靴職人のオーダーメイド謎解き日誌

成 田 名 璃 子

不機嫌なコルドニエ
靴職人のオーダーメイド謎解き日誌

目次 contents

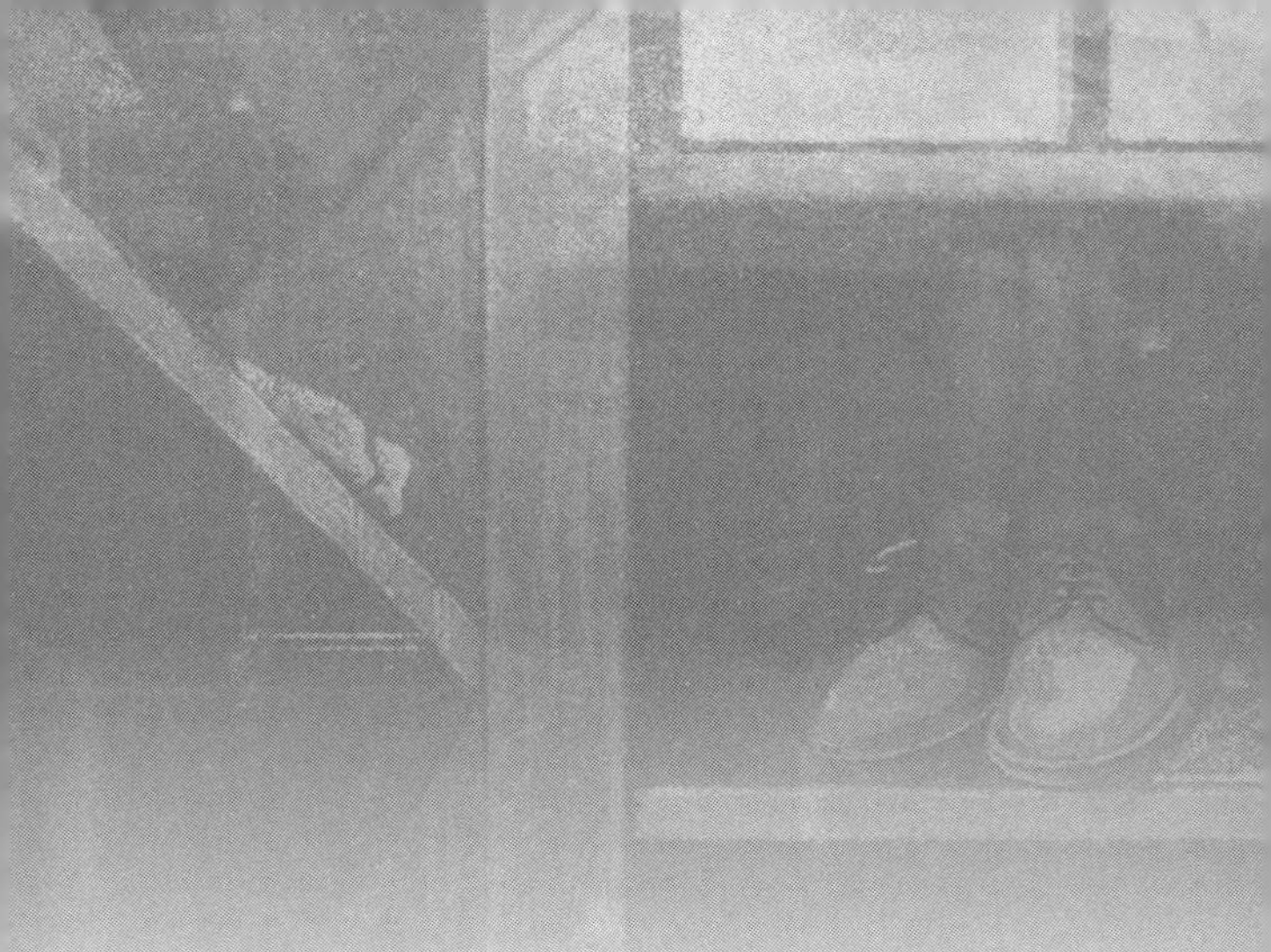

SHOES 1

優しい紐靴

「何よここ、ただの靴修理店じゃない」

湯浅京香《ゆあさきょうか》は、横浜元町の仲通りを三本ほど裏手に入った、狭い路地に立っていた。

もしかして道を間違えたのだろうか。もう一度地図を確認してみる。しかしどうやら、この場所でちゃんと合っているらしい。

ヨーロッパの街並みような石畳が敷きつめられた、元町一体には、輸入雑貨やアクセサリーショップ、ブランド店などが立ち並んでいる。異国情緒を今に伝える横浜市の中でも人気のスポットで、週末ともなれば人であふれかえるが、京香のいる裏路地は人通りもほとんどなく、かなり静かだった。

道の突き当たりには、元町公園の入り口が見える。煉瓦《れんが》づくりの洋館を擁した、なかなか瀟洒《しょうしゃ》な公園だ。四月を間近に控えた今は、花壇にパンジーが咲き乱れていた。

観光で来てるなら、見とれただろうな。

裏通りとはいえ、可愛らしいショップが点在しているし、公園の緑とも相まって、この場所の雰囲気自体は決して悪くない。問題は、京香の正面に佇んでいる店だった。

良く言えばアンティークっぽい、見たままを言うと古ぼけた建物だ。ところどころ塗装の剝げた白い木枠のガラス扉には、レトロな丸っこい字体で「コルドニエ・アマノ」と金文字で記されている。コルドニエは、確かフランス語で靴屋という意味だったはずだ。

入り口のすぐ脇には、「ラスト」と呼ばれる木型が並べられていた。顧客の足の形を立体的に再現したもので、靴作りにおいては最も大切なパーツでもある。型を取ったあと、水分を飛ばすために乾燥させているのだろう。からっと乾いたこれから梅雨前までは、靴の製作に最も適した気候がつづく。

店の左側はショーウィンドウになっていて、紳士靴が三足並んでいた。一見して作りは丁寧だが、デザインがオーソドックスすぎて作り手の個性が感じられない。色気がないのだ。それに、女物のパンプスが一足も飾られていないのはどうしてだろう。

入り口そばには、「足元からあなたを健康にするオーダーメイドの手縫い靴をお作りします。クリーニング、修理、フィッティング調整も承ります。どうぞお気軽に」と書かれた立て看板まであり、紐でくくりつけられた料金表のチラシが風に煽《あお》られていた。この看板のせいで、店の佇まいが古いだけではなく、だいぶ安っぽくなってしまっている。

ファッションの世界は、店構えではったりをきかせることだって大事なのに。それにどう せ謳《うた》うなら、オーダーメイド靴ではなく、ビスポークシューズと書くべきだ。やることは一緒でも、そっちのほうが断然、聞こえがいい。

「本当に、ここなの？」

もう一度、一人で呟いたけれど、答えてくれる相手は誰もいなかった。

そっとガラス扉の中を覗《のぞ》き込むと、右手の作業台で、男の子が黙々と靴の補修をしていた。秋に二十七歳になる京香より、四、五歳下だろうか。作業に集中しているのか、こちらには気がついていないようだ。左手の作業台には誰もいないが、道具類が定規で揃えたように一直線に並べられている。

けっこう、店の中は広いんだ。それにしても、まさか、あの男の子が店主じゃないよね？どう見ても二十歳そこそこだし。

となると、あの道具類の並んだ作業台が、店主のものに違いない。

ここの店主の名は、天野《あまの》健吾《けんご》という。歳は三十五歳で、腕利きのビスポークシューズ職人。それが、京香の聞いている全てだった。

ビスポークシューズというのは、英語のｂｅ ｓｐｏｋｅｎから来ていて、職人と顧客が互いに話し合いながら作っていくオーダーメイドの手作り靴を指す。当然、既成靴に比べてかなり高額で、見るからに上品な店舗を銀座や広尾などに構えていることが多い。間違っても、こんな古びた店などではあり得ない、はずだった。

一瞬、このまま帰ろうかとも思ったけれど、せっかく雅也《まさや》が古いツテを頼りに探してくれたバイト先だ。

とりあえず、顔を出すくらいはしないとだよね――。

重い気持ちで扉を開くと、途端に、柔らかな革の匂いに包まれた。

初出勤のお守りに履いてきた、とっておきのハマナカ・ヒールで一歩踏み出す。

「すみません」

声を掛けると、男の子がこちらに顔を向けた。癖毛なのかパーマなのかわからないもじゃもじゃ頭が、きのこ形に盛り上がっている。

「はあい、いらっしゃいませ」

男の子は、ぴょこんと立ち上がって近づいてきた。ちらりと京香の足元に目を走らせると、驚きと羨望《せんぼう》の入り混じった視線を向けてくる。靴に少しでも興味のある人間なら皆そうだ。

「えっと、靴のオーダーでしょうか。それとも、修理や調整ですか？」

妙にきゃぴきゃぴとした口調で、男の子が問いかけてきた。

「あ、私、お客じゃありません。湯浅京香です。今日から、ここでデザイナーとして働くことになってるんですけど――」

一応、自己紹介をした。男の子は、きょとんとした顔で問い返してくる。

「――あの、ええと、はい？」

丸っこい目が、森の小動物みたいだ。

「ですから、今日からここで働くことになってるんですけど」

「ええ、確かに今日、新しい人が来るっていうお話は伺ってるんですけど――」

男の子は、戸惑ったようにこちらを見つめたままだ。

お互い言葉に詰まったままでいると、突然、背後で扉の開く音がした。男の子の顔が、ほっとしたように緩む。

「天野さん、お帰りなさい！」

京香が振り返ると、男が一人、テイクアウトのドリンクを手にして立っていた。目線がハイヒールを履いた京香と同じくらいだから、背はあまり高くない。一重瞼の上には、異様なほどまっすぐに切り揃えられた前髪が直線を描いている。足元に目線を下げると、古いが手入れの行き届いた革靴を履いていた。

個性的と言えなくもないが、全体的に冴えない雰囲気で、雅也が言っていたような、日本で一、二を争う腕利きの靴職人にはとても見えない。

この人が、天野健吾なの――？

天野も京香の足元へと、視線を移した。人を見るとつい靴に目がいくのは、お互い職業病だろう。京香のパンプスを見た天野の瞳には、賞賛も羨望も浮かばなかった。むしろ、不愉快そうに顔をしかめていた。

――ふうん、なるほど。そういうタイプか。

こういう反応は、シューズデザイナーの中には時折見られる。たぶん、嫉妬だ。圧倒的な才能の差に対する、身の程知らずな焦り。

しかし、シューズデザイナーならまだしも、商店街の靴修理屋が嫉妬なんてしてどうするのか。心の中でバカにしていると、天野が能面のような無表情でぼそぼそと呟いた。

「いらっしゃいませ」

そのまま京香の脇を通り過ぎて、店の奥へと向かおうとする。男の子が慌てて天野に告げた。

「あ、この方はお客様じゃなくて、ええと今日から来ることになっている人で」

「ああ、例の雑用バイトの方ですか？」

天野は立ち止まって面倒そうに答えた。

雑用、バイト――？

「それがなんか、誤解があったみたいで。デザイナーさんが来ちゃってて」

小さな、しかし丸聞こえの声で、男の子が天野に相談している。

雑用バイトってもしかして、――私のこと⁉

ようやく察した京香は、こそこそと話す二人の会話に口を挟んだ。

「天野さん、ですよね？　あの、私は雅也からこちらのお店がデザイナーを探してるって聞いてきたんですけど」

天野が、こちらに視線を移す。やっかいな荷物でも見るような目つきだった。思わずムッとして、言葉をつづける。

「雑用のバイトとか、あり得ないんで。もしそうなら帰ります」

そもそも、修理までやっている商店街のボロい靴屋だなんて、聞いていなかった。京香が踵《きびす》を返そうとすると、天野が口元を歪めた。

「帰っていただけるなら、こちらはむしろ嬉しいですね。申し訳ありませんが、雅也には、あなたからお伝えいただけますか」

「な――⁉」

失礼すぎて、怒りも湧いてこない。本当にこんな奴が、雅也の友達なんだろうか。

「どうしました？　出口は、すぐ後ろですが」

「ちょっと、天野さん、いくらなんでもそんな言い方をしなくたって――」

男の子が、おろおろと京香と天野の顔を交互に見つめている。

「わ、わかってるわよ！」

勢いよく向きを変えて、店を出ようとした時だった。何かにつまずいて、突然バランスを崩した。

「うわ！」男の子が、間一髪で京香の体を後ろから支える。そのおかげで転ばずには済んだが、何だか左右の足のバランスがおかしい。おそるおそる、足元を見た。

「うそ、私の、ハマナカ・ヒールが――」

右のパンプスのヒールが、根元からぽっきりと折れてしまっていた。

京香は店の中央にあるテーブルに頬杖をついたまま、スリッパをはいた足をイライラと揺すった。バイトの行き違いについて問いただすために、さっきから雅也に電話をしているのに、一向につながらない。

「あの、良かったら、これ食べてくださいね」

男の子がのんびりと、湯気の漂うティーカップに、クッキーを添えて運んできた。

「僕の手作りなんです」

丸いトレイの上部を両手できゅっと摑《つか》んだまま、期待するようにこちらを見てくる。仕草が、そこら辺の女子よりも女子っぽい。そういえば、彼の作業台には、ぬいぐるみやらバーディー人形やらがずらりと並び、小さな花瓶にブーケまで活けてある。

「っていうか、ヒール、すぐ直していただけるんですよね？」

「あ、ごめんなさい。急ぎますね」

京香の嫌味に、男の子は慌てて作業台へと戻っていく。靴の修理は彼が担当しているらしく、取りあえず三十分ほどで応急処置を施してくれることになったのだ。

もう京香には興味をなくしたのか、天野はこちらに背を向けたまま作業に没頭している。後ろ髪は刈り上げで、そこから上は前髪と同じように、一寸の乱れもなく切り揃えられていた。こちらを拒絶するようにピンと伸びている背中を見ると、イライラが募ってくる。

仕方なく紅茶を一口含むと、ようやくスマホが震えて雅也からの着信を知らせた。

『もしもし？　どうした？』

「雅也⁉　どうしたじゃないよ！　バイト、雑用係って言われたんだけど」

『ああ、小さい店だから、そういうこともお願いされるかもって言ってなかったっけ』

悪びれない返事だった。

「何それ、ぜんぜん聞いてないよ。雑用なんてやってられないし、この話はなかったことにしてもらうから。どうせ、あと一、二ヶ月でしょ？」

店の中はしんと静まりかえっていて、京香の不機嫌な声だけが響いている。

『そのことなんだけどさ、まだ、しばらくかかりそうなんだよ。完全にプロジェクトから手が離れるまで』

「しばらくって――なに、どれくらい？」

『あと一年くらいかな』

「――はあ⁉」

思わず、椅子からがたりと立ち上がった。

「あと一、二ヶ月っていうから急いで帰国したのに、何よそれ」

『悪いけど、天野のところにいてくれないか。これも、二人でブランドを立ち上げる前準備だと思ってさ』

頼むよ、と念押しすると、雅也は天野に電話を代わるように言った。

「まだこっちの話が終わってない！」

『いいから、話をさせてくれないか』

雅也の声にもイラ立ちが滲む。仕方なく、作業中の天野のそばへ行くと、無言でスマホを差し出した。

「雅也が、代わってくれって」

天野はあからさまに迷惑そうな顔をして、スマホを受け取った。そのまま無言で店の外に出ると、雅也と何かを話しはじめる。

一年って、何なの？　どういうことなの⁉

頭が混乱したまま突っ立っていると、遠慮がちに、男の子が話し掛けてきた。

「あのう、僕、よく事情がわかってないいんですけど、ここのバイトに来たのって、天野さんの古いお友達のご紹介なんですよね？」

「そう、私の彼氏の紹介です。でも、ビスポークシューズの一流店が、パンプスの得意なデザイナーを探してるって言われて来たんですけど」

ついつい嫌味っぽい口調になってしまう。

「うわあ、どこで情報がねじれちゃったんですかねえ。災難でしたね」

男の子は、まるで聞き上手な女友達のように、熱心に同情してきた。ついつい京香も、口が緩む。

「しかも私、会社を辞めて、イタリアにデザイン留学までして準備を進めてたのに――」

京香が帰国したら、すぐに雅也も会社を辞め、二人で新しいシューズブランドを立ち上げる予定になっていた。それなのに、あと一年もかかるなんて冗談じゃない。

「ひどい！　普通だったら泣いちゃいますよ。ねえ、みいちゃん」

――みいちゃん？

見ると男の子は、作業台の上のバーディー人形に話し掛けている。その姿を見ているだけで疲れを感じ、京香は頭《かぶり》を振った。

「あ、このバーディー人形は、僕の親友のみいちゃんです。ちなみに僕は、前園雄大《まえぞのゆうだい》って言います。ええと、京香さん、でしたよね？」

「そうですけど――」

「きれいな名前で羨ましいです。雄大ってちょっと無骨だし」

そんなこと、私に言われても困る。

「っていうか、ハマナカ・ヒール、直してくれてるんですよね？」

再び催促すると、雄大は「きゃ、ごめんなさい！」と、慌てて作業に戻った。

「それにしても、うっとりしちゃうねえ、みいちゃん。ケン・ハマナカのヒールなんて」

京香につれなくされて、今度はバーディー人形に話し掛けているらしい。

そりゃ、そうよ。本物のハマナカ・ヒールなんて滅多に見られないでしょう？

心の中で、そっと呟く。

ケン・ハマナカは、数年前にとあるスキャンダルを起こし、突如ファッション業界から姿を消した伝説のシューズデザイナーだ。京香の履いてきたパンプスは、彼のブランドアイコンでハマナカ・ヒールと呼ばれていて、マニアの間では垂涎《すいぜん》ものの一足なのだ。ユーズドでもかなりの価値があり、しかも市場になかなか出回らない。一見シンプルな黒のピンヒールだが、この一足の中には、ケン・ハマナカの洗練された哲学が組み込まれている。

アッパーの絶妙なカットやつま先の優雅なフォルム、そしてモダンな流線を描くヒール。脚の美しさを引き立たせ、細く、長く見せてくれるマスターピースだ。多少履きづらいのが唯一の弱点だが、おしゃれは寒いもの、パンプスは痛いものと決まっている。

でも、こんなことになるなら、履いてこなければよかった——。

天野が店の中に戻ってきた。むっつりとした表情で、スマホを京香につき返してくる。

まったく、愛想の悪い奴！

「もしもし？」

不機嫌な声で出ると、淡々とした口調で雅也が言った。

『俺のほうで話はつけておいたから。デザイン、してもらっていいそうだ。まあ、その合間に雑用もやってもらうことにはなるけど』

「だから、何で私が雑用係なんて——」

『京香だって、あと一年も収入がないのは困るだろう？』

痛いところを突かれて、思わず黙る。

『じゃあ、これから打ち合わせだから。また連絡する』

「え、ちょっと待っ――」

通話は、一方的に切れてしまった。あとには無機質な機械音しか聞こえない。

いくらブランド立ち上げのためとはいえ、あの無愛想な天野と、少し頭のネジの緩んだ雄大と、一年もこの狭い店で一緒だなんて気が滅入る。それにお給料っていったって、この小さな店ではどうせたかが知れているに違いない。

――やっぱり断ろう。いくら雅也の紹介だからって、こんな場末の靴屋で、安月給の雑用係なんてあり得ないし。

すると、京香の思考を読んだように、天野が告げた。

「あまり歓迎はできませんが、デザインをしたければどうぞご自由に。ただし依頼があれば、ですが。お給料は、まずは手取りで二十万円です。それでも嫌なら、出ていくのもどうぞご自由に」

「天野さん、どうしたんですか。言い方が酷いですよ」

雄大は、やはりおろおろして、京香に気遣うような視線をよこす。しかし京香は、提示された金額に少し驚いていた。

――けっこう、くれるんだ。

迷った。会社を辞め、留学をすると決めた時と同じくらい、京香の気持ちは揺れた。ブランドの立ち上げ資金には手をつけたくないから、月二十万円の定期収入はかなり魅力的だ。

「どうします？　こちらは、無理にいていただかなくてもいいんですけど」

天野が、たたみかけてくる。

雑用係なんて本意ではないけれど、デザインの仕事もやっていいらしい。それに――。

二十万円くれるなら、思ったよりは悪い話じゃないのかも。これから自分のブランドを持つんだし、一足辺りの値段の付け方とか、店舗経営のこととか、ビジネスのことも参考にはなる、か。

大人の計算が、デザイナーとしてのプライドを徐々に浸食していき、ついに答えをはじき出した。

「まあ、とりあえず働いてみてもいいけど」

仕方なく返事をすると、天野が顔だけ振り向いて、ふんと鼻を鳴らした。

「雄大君、色々と湯浅さんに説明してあげてください」

――どうしてもこいつにムカついたら、すぐに辞めればいいんだし。

京香が軽く睨むと、天野の前髪が、バカにするように微かに揺れた。

雄大に手招きされて、店の右奥にある、誰も使っていないらしい作業台まで移動した。すぐ隣の雄大の作業台では、バーディー人形がこちらを向いてにっこりと笑いかけている。

「京香さんは、この空いてる作業台を使ってください。向かって右手の扉の向こうはミニキッチンで、左手の扉はお手洗いです。キッチンには、コーヒーとか紅茶とかがあるので、自由に飲んでく――」

「すみません、その人形、向きを変えてもらえませんか？」

素っ気なく告げた。別に仲良く同僚ごっこをするつもりはない。

「あ、お人形、嫌いですか？」

雄大がしょんぼりとバーディー人形を移動させている間、改めて、店内を見回してみる。

コルドニエ・アマノの店内は、今まで見たどんな工房よりも、きっちりと整理整頓が行き届いていた。店内の壁ぎわには、古い足踏み式のミシンや、クリーニング用の機材が並んでいる。その中に、木型や、修理のために持ち込まれた靴などが、きっちりと踵を揃えられて木棚の中に収まっていた。ガラスは磨き上げられ、木の床にもワックスが塗られている。

さっきは背中しか見えなかったが、この位置からは、天野が一心不乱に手先を動かしている様子も見えた。

ハンドソーンウェルテッドか――。

これは靴作りの製法の一つで、手縫いの靴を指す。型崩れしにくく頑丈な靴に仕上がるし、左右で異なる足の形にきめ細かく対応できる。厚いインソールが、履いているうちに履き主の足に合わせて沈み、よりフィット感が出てくるのも特長の一つだ。ただし、ミシン縫いに比べて手間も時間もかかり、数はさばけない。

それでも天野は、ハンドソーンにこだわって作っているらしい。リズミカルに、無心に手先を動かしている様子は、こちらを圧倒するような迫力が感じられた。ただ立っていた時とは、まるで別人だ。

「京香さん？　どうかしました？」

雄大が、人なつっこい笑みを向けてくる。盛り上がっている髪が、動きに合わせてもさもさと揺れた。

「え？　あ、いや、別に。前園さん、でしたっけ？　私、今日は何をすればいいですか？」

「あ、良かったら僕のことは下の名前で呼んでくださいね。それで今日は、ええとお客様がいらっしゃった時の対応とか、ちょっとクリーニングとか手伝ってもらいたくって」

「クリーニング、ですか？」

デザイナー兼雑用係だとわかってはいたけれど、思わず尖《とが》った声が出てしまった。

「はい。最初はどの子も汚れてるけど、だんだんピカピカになっていくから、やると楽しいですよ。ね、みいちゃん」

雄大が、バーディー人形にも同意を求めている。

はいはい、靴を子って呼んじゃうタイプね——。

ぎゅっと眉間《みけん》に皺《しわ》を寄せた時、ちょうど扉の開く音がした。顔を向けると、中学生かあるいは高校生くらいの少女が、京香に負けないほどむっすりとした顔で入ってくる。

「あ、いらっしゃいませ」

雄大が目線で一緒に来るよう促しつつ、少女のほうへと歩いていった。集中して黙っていた天野も、一瞬、作業の手を休めて「いらっしゃいませ」と顔を上げる。

京香は雄大と二人で少女の前に並んだ。少女はどちらに向けて話せばいいのか迷うように視線を泳がせている。
十五、六歳といったところだろうか。胸元まで届くストレートの髪は、つやつやと輝いている。前髪は眉上で切り揃えられていて、その下には、世界を勝手に憎んでいるような、思春期を地で行く瞳が光っていた。
少女はどうやら、京香ではなく雄大に向かって話すことに決めたようだ。

「あの、この靴、何とかしてほしいんですけど」

言いながら、白い箱を雄大に差し出してくる。

「はい。ちょっとお預かりしますね。あ、どうぞこちらに座ってください」

雄大が少女を店の中央にあるテーブルに促した。雄大と京香は少女の真向かいの席に座る。

「それじゃあ、ちょっと拝見しますね」

雄大が箱の蓋《ふた》を開けると、黒いオックスフォードシューズが収められていた。履き口をヒモで締める短靴の総称で、紐を通す羽根部分の作りによって、さらに呼び名が分かれていく。

「あれ？　この子って新品、ですよね？」

雄大が首を傾《かし》げた。

少女が持ち込んで来たオックスフォードシューズは外羽根式と呼ばれるタイプで、文字通り、羽根部分全体が甲の外に出ている。スニーカーなどと同じように、羽根をV字に全開させることができるため、着脱しやすいのが特長だ。発案者の名前に因《ちな》んでブラッチャーと呼ばれることが多い。

雄大が少女のブラッチャーを箱から取り出す。やはり傷も汚れもない新品らしい。

つま先は、切り替えや装飾のないプレーントゥだ。だからこそデザインの精度、革や製法の質が問われるのだが——。一見したところ、デザインもそこまで悪くはない。

まあ私なら、もう少しぎりぎりまでウェストを絞って、細身の靴に仕上げるけどね。

そのせいでほんの少しだけ履き心地は悪くなるかもしれないが、十分に歩ける。それに、格好良さは格段に増す。

　雄大は熱心に靴を持ち上げたり、中を覗き込んだりして観察している。

　京香も横からちらりと見ると、インナーの踵が当たる部分にはブランドのロゴマークらしいSRという装飾文字が刻印してあった。聞いたことのないブランドだが、全体的に仕立ても丁寧だし、この年頃の少女にはそこそこの贅沢な品ではないだろうか。

　気になるのは、かなり品質にこだわっているらしいのに、靴底の全面に、革ではなくラバー素材を採用しているところだ。もちろん、安っぽくなく品のよい仕上げになっているが、少し珍しい。

「ええと、靴が足に合わなかったんですか？」

　雄大が尋ねると、少女は首を横に振った。

「ちょっとキツい感じはするけど、革だし、履けば馴染んでくると思う」

「それじゃあ、どういうご希望です？」

　雄大がとまどい気味に尋ねた。少女は自分で持ち込んだブラッチャーを他人のもののように冷たい眼差しで見つめると、ぽつりと呟いた。

「いやなの、全部」

「えっと、全部っていうと、全部ですか？　この子の、何もかもが？」

「そう。全部」

雄大が、視線で京香に助けを求めてきた。その子犬のような目つきに、仕方なく口を開く。

「ええと、じゃあ、デザインを変えたい、とか？」

今度も少女は首を左右に振った。

「あんまり変えられちゃうと、困るんだけど」

京香も不正解だったらしい。

沈黙がつづく。雄大が、もう一度口を開いた。

「ええと、なかなか難しいご依頼みたいですね。あ、僕は担当の前園です。どうぞよろしくお願いします」

「ふうん。で、このおばさんは、何する人なわけ？」

少女が、口を尖らせながら雄大に尋ねた。

――おばさん？

ゆっくりと、自分のこめかみに亀裂の入る音が聞こえた。けれど少女は、ものすごい目つきになった京香に怯《ひる》むこともなく見返してくる。

何する人って、シューズデザイナーですけど？

京香が口を開こうとすると、後ろで天野が椅子を引く音がした。

「失礼しました。私は店主の天野です。彼女は、雑用係の湯浅と申します」

言いながら、京香の隣に腰掛ける。睨み付けた京香を、完全に無視するつもりのようだ。

「雑用係兼、シューズデザイナーです」

京香は、少女に向かって言い直した。この点は、はっきりさせておかなくてはならない。

少女が、つまらなそうに視線をよこす。

「ふうん。じゃあおばさんも、雑用係的な観点から、私の靴をどうしたらいいか考えてよ」

いちいちムカつく子供なんですけど！

テーブル上の空気は、どんどんピリピリしたものに変わっていった。

「あ、あのう、僕、飲み物を運んでくるので、その間に、この紙に必要事項を記入してください。詳しくわからなければ、名前とか住所、それにご連絡先だけでけっこうですよ」

そのまま雄大は、逃げるようにミニキッチンへと消えていった。

天野は、少女の持ち込んだブラッチャーを手に取っている。

少女は、意外と整った字で、注文票の空欄を埋めていった。名前は、坂上晴良《さかがみせいら》。まだ十五歳らしい。

紅茶を運び終わって元の席に戻ると、雄大が改めて晴良に尋ねた。

「それでお話は戻りますけど、この靴をどうしてほしいのか、もっと詳しく教えてくれませんか？」

「だからあ、ぜえんぶ気に入らないから、どうしていいのかわかんないんだってば。デザインも変えられないし。さっきも言ったじゃん」

晴良は人差し指で髪をねじりながら、相変わらずぼやけたことしか言わない。

「でも、それじゃあ、何にもできないんですけど」

京香が独り言のように呟くと、晴良はこちらに顔を向けた。

「できないっていうの、悔しくないの？　おばさん、プロでしょ？」

まるでずっと年上の上司のような物言いに、思わず口がひきつった。

すると突然、それまで黙っていた天野が口を開いた。

「お客様の靴をどうするかは少し考えさせていただくことにして、足の採寸をさせていただけませんか」

生真面目な表情の天野に、少女がむくれたまま答える。

「別に、いいけど」

天野が晴良を促して、入り口脇のスツールに座らせた。

あんなスツール、あったんだ。

スツールは猫足になっていて、赤いベルベットの貼り地がしてあった。女子受けが良さそうな可愛らしいデザインだが、晴良はにこりともせずに腰掛ける。

天野はテキパキと、細かな記入欄の印刷された大判のシートを床に敷いていた。おそらく、あの紙に足形や採寸した数字を書き込んでいくのだろう。

何よ、結局自分でやるんじゃない。

心の中で毒づいていると、雄大もいそいそと立ち上がった。

「京香さん、僕たちも見に行きましょう」

促されて、仕方がなく後につづく。

「いい靴をお履きですね」

天野が言うのを聞いて、はじめて少女の履いている靴が目に入った。ブランドロゴは、フェリッシモのものだ。

こんな子供が？　生意気なんですけど。

サルバトーレ・フェリッシモは全世界で愛されているシューズブランドだ。今でも職人の高度な手技にこだわっているだけあって履き心地は抜群だが、値段もそれなりにする。

良く観察してみると、晴良の身につけている服も上質なものばかりだった。視線に気がついたのか、ふんと晴良が鼻を鳴らした。

「子供だからって、お金の心配はいらないから。特に今は」

「今はって——宝くじでもあたったわけ？」

京香の顔を、晴良が憐れみの目で見つめ返してくる。

睨み合う京香と晴良をよそに、天野は採寸にかかった。

「失礼します」

声を掛けると、天野は少女の靴を脱がせ、右足の足形を鉛筆で丁寧になぞっていった。雄大は食い入るように天野の手先を見つめている。天野はつづいて、肉付きや骨格などを確認しながらメジャーで三カ所の寸法を測り、そのたびに細かな数字をシート中央の採寸欄に丁寧に書き込んでいった。

「左足のほうが少し大きいですね。アジア人の特徴でもありますが」

「そうなの？」

「ええ、西洋人は右足のほうが大きいんです。いずれにしても、大抵の人の足は左右非対称です。顔と同じようにね。完全に左右対称の人も中にはいますが、そうですね、二百五十人に一人くらいです」

滑らかな手の動きと鋭い眼差しは、普通の人間には見えない骨や血液の流れまでをも、特殊能力で見通しているようだ。

「とても足の幅が狭い。指のまっすぐなきれいな足をしていらっしゃいます」

「ふうん、そうなんだ」

褒められて、晴良もまんざらではないらしい。

「土踏まずがしっかりされている証拠です。小さい頃に、きちんとサイズの合う靴を履いて、良く歩かれたんでしょう。今のお子さんたちは、あまり歩かない方が多いので、土踏まずが未発達で足全体がべたっとしているんです」

作業をしている時は無口なのに、足のことになると、天野は饒舌《じょうぜつ》だった。それに、随分と熱のこもった話し方をする。

晴良の足は、確かにとても美しかった。将来は細身のヒールをセクシーに履きこなすこともできそうだ。

「日頃、靴を履く時に困っていることはありますか？」

「そう言えば、いつも幅が合わないかも」

頷きながら何かをメモすると、天野は再び晴良に元のフェリッシモの靴を履かせて立ち上がった。

晴良もスツールから腰を上げると、そばに立っていた雄大と京香に視線を移す。

「じゃあ、とにかくあの靴をどうにかしてよね。で、二日後くらいにはどうするか教えてくれる？　あんまり時間ないし」

「で、でも、せめて少しはどうしたいかお話を伺わないと」

戸惑う雄大を、少女が一瞥《いちべつ》する。

「そんなの、わかんないってば。しつこいなあ。じゃあ、あとはよろしくね。前園さんとおばさん！」

呆然としている雄大と京香を残して、晴良は風のように店を出ていってしまった。

「な、何なの、あの子？」

人のことをおばさん呼ばわりする、おまけに依頼は漠然としていてとらえどころがない。

「どうしましょう。僕、こんなオーダーを受けるの初めてです。あの子も何だか怖いし。天野さん、助けてくれるんですよね」

雄大が天野に泣きつくと、突き放すように答えた。

「いつも私に頼ってばかりいないで、雄大君も、少しは一人で考えてみてください。確かに不思議な依頼ですが、解決策はきっとあります」

「そんなあ。——京香さんは助けてくれますよね。あの子のご指名だし」

「いいけど——」

面倒くさい。雑用係も嫌だが、こんな子供のお守りみたいな仕事はもっと嫌だ。

天野が作業台から口を挟む。

「湯浅さんはあくまで雑用係です。手が空いたら、お弁当を三つ買ってきてください。うちはみんなでお昼を食べるんです」

「――お弁当って、そんな新人みたいなことまで、私がやらなくちゃいけないの⁉　それに、パンプスのヒールだってまだ直ってないし」

「あ、京香さん、それなら僕がすぐに直しますから。それと、今日は僕が付いていってもいいですよね、天野さん」

　雄大が、作業台に移動しながら言った。天野がため息をつく。

「仕方がないですね。今日は初日ですから、二人で一緒に行ってください」

　十五分ほどで京香のパンプスの応急処置が終わった。雄大が店のものらしいポーチを差し出してくる。

「お弁当のお会計は、このポーチのお金でしてくださいね。それじゃあ、行きましょう」

　京香は仕方なく頷くと、歩きだした雄大の後につづいた。

　春の日差しが、元町の通り全体に降り注いでいる。しかしこの陽気も、京香のささくれだった心を癒やしてはくれなかった。

「初日だし、中華街でお弁当を買います？」

「ああ、そういえば近いんだったね」

あまり警戒心を抱かせない雄大に対して、京香はいつの間にか敬語も忘れていた。

「はい、歩いて五分くらいです。百円プラスでスイーツがつくお店もあるんですよ」

まるでOLみたいなことを言いながら、雄大がうきうきと隣を歩く。

平日のお昼でも、中華街はそれなりに賑わっていた。団体の観光客は普通に歩いているし、近くに勤めるサラリーマンやOLたちが、ランチを求めて熱心に店先を覗いている。

「ねえ、天野さんっていつもあんな風なの？　いきなり面倒な客を押しつけてきたりして」

尋ねると、雄大は困ったように小首を傾げた。

「う～ん、僕、いつも天野さんに甘えてばかりだから、早く独り立ちしろっていつも言われていて。でも、僕がみいちゃんと話しても怒らないし、いい人ですよ」

のほほんと笑う雄大を見て、聞く相手を間違ったと後悔する。

「それに、天野さんの靴作りはすごいですよ。もうあれは魔術の域です。僕もいつか、天野さんみたいになりたいんです」

「――へえ」

確かに、手先を動かす天野には、ある種の迫力がある。しかしその割に、ショーケースの中の出来上がった靴たちには、魔術というほどの凄みは感じられない。

どうして？　普通、あれだけ精魂を込めていたら、作品にもおのずと滲むはずなのに。

「ええと、ここがさっき言ったスイーツがついてくるお店です。お弁当もとっても美味しいんですよ。いろんなおかずがちょっとずつ入ってるし、油控えめでヘルシーなんです」

見ると店先に何種類ものお弁当が並んでいた。どれも、色とりどりの中華料理が何種類かセットになっていて、お弁当のパッケージも洒落ていてかわいい。

「僕と天野さんは、Aセットにします。京香さんは？」

「Cセットにしようかな」

これを買ったら、また、仏頂面をした天野のいる店に帰るのかと思うと、思わずため息が出る。雄大が同情するような口調になった。

「あの、天野さんのことを嫌いにならないでくださいね。確かに京香さんに対して、すごく失礼な態度を取っちゃってましたけど、いつもはそんなことないんです。無愛想だけど、優しい人なんです。僕もフォローしますから、一緒に頑張っていきましょ。ね？」

同僚は悪くないんだけどなあ。まあ、ちょっとふわふわしている子だけど。

頷きながらも、重い足取りで、京香は店へと戻ったのだった。

「では、お昼にしましょう」

天野が立ち上がって、中央のテーブルにつく。仕方なく京香も雄大につづいて腰掛けた。

お昼ぐらい、ゆっくりと一人で食べたかったけれど、揉めるほうが面倒だ。

京香が回鍋肉《ホイコウロウ》とえびチリがセットになったお弁当を口に運んでいると、雄大が尋ねてきた。

「やっぱりあの依頼、わけがわからないですよね。京香さん、どう思います？」

「さあ。あの子が、あのブラッチャーを大嫌いなことは良くわかったけど。もしかして、暇つぶしにからかおうとしているだけとか？」

天野が、バカにしたように鼻を鳴らす。

「何よ、じゃあ、自分はどう思ったのよ」

「私の担当ではありませんから。靴の声も聞いてないですし」

何よ、靴の声って。結局、自分も分からないんじゃないの。

「でも、足のツボを触ってみた感じだと、寝不足みたいでしたね。あまりちゃんと睡眠が取れていないんじゃないでしょうか」

採寸の時に、そんなところまでチェックしていたのか。しかし、寝不足なんていう情報をインプットされても、あの謎々のような依頼の役には立ちそうにない。

「それにしても、どこかで見たことがあるような気もするんだけどなあ、あの靴」

雄大が思い出そうとして目を伏せ、すぐに音を上げる。

「う〜ん、だめだ。今すぐは思い浮かばないや。一応、履き心地の調整は挑戦してみようと思ってるんですけど。ほら、履いていて足が痛いと、その子を履きたくなくなっちゃうこともあるし」

「ああ、そういえば、足幅がかなり狭かったもんね」

午後になると、京香はミニキッチンでコーヒーを淹れ、晴良のブラッチャーとにらめっこをはじめた。雄大は他に修理を急ぐ靴があって、手が離せないらしい。

――確かに、晴良の足はかなりほっそりとしていた。あの既製品の紐靴では、完全にフィットしているとは言えないだろう。雄大が履き心地を調整するのも、一つの改善点ではある。しかし晴良が求めているのは、そういう単純なことではない気がする。それだったら、一言、サイズ調整をしたいとオーダーすれば済む話だ。

それに、自分の靴を憎んでいるような目。あれは一体、どういうことなんだろう？

「あの子、あの靴のこと、嫌いなんだよね？」

思わず呟いたが、天野も雄大も、それぞれの作業に集中していて答えない。

それからは、仕上がった靴を届けたり、注文した革を受け取りに行ったりと、次々と雑用を言いつけられているうちに夕方になってしまった。

ようやく作業台に戻って、再びブラッチャーを見つめてみたものの、結局、六時半の閉店時間まで、具体的なアイデアが浮かんでくることはなかった。

「お姉ちゃん、初出勤お疲れさまでしたあ！」

家に戻ると、妹の玲子《れいこ》が出迎えてくれた。

「あれ、なんかすごくいい匂いがするんだけど」

「気がついた？　今日は初出勤祝いに、スペアリブを煮込んじゃいました」

スペアリブの赤ワイン煮は、京香の大好物だ。

「ありがとう！　私も、ちょっといいワインを買ってきちゃった」

色々あった一日だったから、ストレス発散に奮発したのだ。

四歳下の玲子は、京香のたった一人の家族だ。コルドニエ・アマノからもほど近い、桜木町に本社を置くメーカーで一般事務の仕事をしている。姉の目から見てもなかなか可愛らしい顔立ちで、いつも三人くらいの恋人候補とデートをこなしているようだった。仕事も、恋も、器用に同時進行できない京香とは正反対の性格で、おまけに料理も上手だ。

二人でダイニングテーブルに向かい合って座り、ワイングラスで乾杯した。

「おいしい！　さすがテーブルワインとは違うね」

「スペアリブも味がよくしみてるねえ。大変だったでしょう」

留学から戻ると京香が連絡した際、玲子のほうから、家賃が助かるから一緒に住もうと提案してくれた。しかし、実際に助かっているのは掃除も料理もまるっきりできない京香のほうだ。家事はほとんど、よく気の回る玲子が、こうして先回りしてやってしまう。

京香と同時にグラスを置くと、玲子がさっそく尋ねてきた。

「で、どうだった？　職場の雰囲気は」

「職場っていうか、まあ、ただの商店街の靴修理店って感じだったけど」

「へえ。元町の靴修理店って、なんか素敵かも」

確かに聞こえはいいけど、実際に見たら意見が変わると思うよ。

「雅也さんの友達は、いい感じの人だった？」

「ああ、ええと、やな奴だった」

「そうなんだ。――ねえ、友達がやな奴って、雅也さん、本当に大丈夫なのかなあ」

「ちょっと、あんな奴と雅也を一緒にしないでよ」

慌てて雅也をかばう京香に、玲子は気遣わしげな視線を向けてくる。

「お姉ちゃん。雅也さん、どうしてまだ一度もお姉ちゃんに会いに来てくれないわけ？」

「――だからそれは、神戸での仕事が忙しいからでしょう？　ほら、あっちのほうっていい職人さんがいっぱいいるところだしさ。折衝も大変らしいよ」

神戸には長田地区という古くから靴や革産業が盛んな地域があり、今、雅也が関わっている新規プロジェクトには、その長田地区を地盤にしたメーカーからの協力を得ることになっている。連日の会議のため、雅也は向こうに長期滞在中だ。

それにしても、やっぱり寂しい。イタリアにいた時は仕方がないと納得できたけれど、同じ日本にいると、会おうと思えば会える距離にいる分、孤独感が増した気がする。

「だってお姉ちゃんがイタリアにいる間だって、一度も訪ねてこなかったんでしょう？　なんかさあ――」

「ストップ！」

たまらず玲子の声を遮る。そうでもしなければ、あと小一時間はノンストップで小言がつづきそうだった。

「大丈夫だから。私たちはね、お互いが自立したオ・ト・ナの関係なの。まだ玲子にはわかんないんだってば」

「――自立ねえ」

それからもしばらく玲子の心配そうな視線に晒されたが、雄大のことや初日から持ち込まれた風変わりなオーダーの話を聞かせると、ようやく玲子も食いついてきた。

「へえ、なんか面白い店だね。天野さんも謎めいてるし」

「面白くなんてないよ。ほんとにムカつく奴なんだから。それに、雑用までやらされるし」

アルコールが回りだしたのか、少し頬を紅潮させている玲子に、京香はふと尋ねてみる。

「ねえ、思春期の女子が、新品の靴を嫌う理由って何だと思う？」

「う〜ん、ダサい、とか？」

「だよねえ」

ワインをもう一口飲みながら、玲子がつづける。

「それか、嫌いな子が同じのを履いてるっていうのとか、ない？　思春期ってそういう下らないの、ありがちじゃない？」

「ああ、女子同士の確執ってやつかあ。なるほどねえ」

答えながら京香にも酔いが回ってきたようだ。思考がぼんやりと霞《かす》んでいき、気分が良くなってくる。

——雅也はどうして一度も会いに来てくれないんだろう。

はしゃぎながらも、さっきの妹の声がいつの間にか自分の声に変わって、心の中でつぶやいた。しかしその声を、軽く無視できるくらいには楽しい気分だ。

それからも玲子とくだらない会話を交わしながら、さらにもう一杯ワインを飲み干した頃には、色々なことがどうでも良くなっていた。

コルドニエ・アマノでの勤務二日目。京香はむくれながらも掃除に励んでいた。天野が、あそこが汚い、あそこがまだ乱れていると、意地の悪い姑みたいに文句をつけてくるのが鬱陶《うっとう》しい。

「そうじゃありません、モップはこうやって腰を入れてかけるんですよ」

見ていられなくなったのか、一度は自分で床を磨いてみせたりした。

塗装が剝げるのではないかと思うほど強く床を磨き、ようやく天野からお許しが出たのは、お昼も過ぎた午後になってからだった。

＊

作業台に座って、じっくりと昨日の依頼について考えてみる。

あの年頃の少女たちに人気のあるファッション誌を眺めて、デッサンも起こしてみたが、やはりこれでは依頼にきちんと応えたことにはならない気がした。晴良は、デザインをあまり変えられたら困ると言っていたのだ。

天野はそんな京香を気にくわない様子で見ていたが、口出しはしてこない。

明日には晴良が来てしまう。このままでは、あの憎たらしい顔で「おばさん、全然だめじゃん」とか何とか言われてしまうに違いない。

意識せずに、大きなため息が出た。雄大が、見かねたのか声を掛けてくる。

「京香さん、よかったら一緒に汽笛カフェにコーヒーを買いに行きませんか？　僕も天野さんもよく行くお店なんです」

「うん、でも――」

時間がない。もう少し集中してアイデアを練っていたい。きっちりと依頼に応えて、天野の鼻もあかしてやりたかった。

すると、天野が軽く首を回したあとでこちらを向いた。

「ため息をつかれてばかりいても迷惑ですし、さっさと行って、アイデアをまとめて来たらどうです？　私も、ちょっと髪を切ってきます」

少し驚いて、天野のきっちりと整った髪型を見つめる。

どこを、どう切るつもりなわけ？

京香の視線を感じたのか、天野がムッとしたように顔をそむけた。

「前髪の乱れは、仕事の乱れです」

「――はあ」

どうやら、天野は想像以上に神経質な性格らしい。そういえば机や棚の中も、テトリスのように、きっちりと道具類が並べられている。一カ所だけぽっかりと空いていた場所に、使っていたハンマーをすっと納めると、天野は作業エプロンを脱いだ。

三人で店を出て、入り口に「close」の札をかけると、天野は美容院へ、京香は雄大といっしょに汽笛カフェへと向かった。裏通りから仲通りへと出て、ぶらぶらと歩く。

「京香さん、今日のパンプスも素敵ですね」

「ありがとう」

今日は、お気に入りの真っ赤なエナメルのピンヒールにした。仲通りの石畳は少し歩きづらいが、天気のいい日に、好きなパンプスで背筋を伸ばして歩くのは、やはり気持ちがいい。

時々、店先に出ている商店街の店員たちが、雄大に手を振ったり話し掛けたりしてくる。

「やあ、雄大君、またサボりかい？」

からかったのは、輸入雑貨店の店主らしき人物だ。

「これ、この間のクッキーのお礼よ」

そう言ってリンゴを分けてくれたのは、カワムラというバッグブランドの売り子だった。

「みんな、うちのお客さんなんです。コルドニエ・アマノの靴はぜんぜん疲れないって、商店会で評判になっているらしくって」

雄大の口調はどこか誇らしげだ。

ふうん。デザイン性は低いけど、疲れない靴か。やだやだ。

汽笛カフェは、元町仲通りを奥に入ったところにある意外と大きなカフェだった。異人館街や港の見える丘公園へと出る急な上り坂の下に位置していて、春の平日の午後を優雅に過ごすマダムたちや、かと思えば商談を行うビジネスマンたちもいる。

「ここ、夜はバーになるんで、たまにだけど天野さんと一緒に来るんです」

「へえ、そうなんだ。あいつと飲んで、どんな話をするわけ？」

「ええと、主に靴作りの話とか？　どうやったら、もっとたくさんの人にビスポークの良さを知ってもらえるかなあとか」

仕事が終わった後も、仕事の話か。まあ、京香も頭の中はつねにデザインのことを考えているから、あまり人のことは言えない。

「プライベートな話ってしないの？」

「天野さん、僕のことはなんでも知ってますよ。でも、天野さんは全然、自分のことを話してくれないんですよねえ」

「なんか後ろ暗いことでもあるんじゃないの？　あの性格だし」

「まさかあ。でも、なんか翳《かげ》があるなあって思うことはありますけど。あのちょっと暗いところがいいって、近所の人たちにもけっこう人気なんですよ」

「え、嘘でしょ!?」

「あ、綾乃《あやの》さん、こんにちは」

雄大は一人のスタッフに向かって小さく手を振った。革パンに、白いシャツ。ギャルソンエプロンをしたポニーテールの女性だ。歳《とし》は二十代後半だろうか。少し猫に似た感じの美人だった。

「あら、雄大君、いらっしゃい」

女性がこちらに近づいてくる。

「あ、こちらは京香さん。今度うちで働くことになった、ええとデザイナーさんです」

「こんにちは。ご贔屓《ひいき》にしてもらってます。汽笛カフェのオーナーの綾乃です」

「湯浅京香です」

雄大と二人で店の真ん中のテーブルに座ると、綾乃にブレンドを二つ注文した。

「綾乃さんも、天野さんのファンなんですよ」

「ええ、そうなんですか?」

オーダーを伝票に書きながら、綾乃が頷く。

「でも、天野さんって冷たいんですよ。女性もののパンプスをいつも頼んでるのに、ちっとも作ってくれないんです」

「あの、デザインだけだったら、ぜひ私に！」

「本当？　今度、相談させてもらおうかしら。でも——誰が作るの？」

雄大を見ると、「僕にはまだ無理です」と小さく首を振った。

「天野さん、なぜかパンプスって依頼を受けないんですよねえ。デザインも頑《かたく》なに拒むし。あ、僕がこんなこと言ってたって内緒ですよ」

口に手を当てて慌てる雄大に、京香は思わず詰め寄った。

「——パンプスの依頼は受けない？　本当なの？」

ショックだった。デザインしていいなどと言っておいて、やはり京香に仕事をさせる気など、一切ないのではないだろうか。そもそも、京香を店に置くのだって不本意そうだった。

「あ、ええと——。余計なことを言うなって言われてるんだけど、困っちゃった。本当に内緒にしてくださいね。天野さん、パンプスは女性を不幸にするってポリシーがあるみたいで——。でもそもそも、女性ものの靴を手がけるのも、あんまり好きじゃなさそうなんです」

「そうだったんだ」

考え込んでいると、いつの間にか綾乃はいなくなっていた。雄大が尋ねてくる。

「京香さん、あれからアイデアのほう、進んでます？」

そうだった、今は少女のブラッチャーに集中しなければ。今さっき聞いたばかりのことがかなり引っかかりはしたけれど、無理矢理、意識を元に戻す。

「アイデアのほうは全然。でも、やっぱりデザインを変えないとダメっていう気がしてきたんだけど」

よく思い出してみると、あんまり変えられると困るというだけで、全く変えるなとは言われていない。それに、あの年頃の女子のことだ。いいデザインにすれば、案外ころっと食いついてくるかもしれない。

京香の考えに、雄大も頷く。

「そうですねえ。なんかもう、思い切っちゃったほうがいいのかもしれない。デザインの改良くらいなら、僕もできますし」

「ヒールもちょっと高くしちゃってさ。羽根のレザーも、素材を変えちゃうのってどう？」

「あ、それはいいかも。同系色だったら、パッと見はデザインがそんなに大きく変わったみたいには見えないし、おしゃれ感も出るし」

場所を変えると、あれほど行き詰まっていたアイデアがぽんぽんと浮かんできた。二人で夢中になって話し合う。結局、雄大とコーヒーを飲みながらアイデアをまとめ終わった頃には、一時間ほど経過してしまっていた。

「よし。これで前園さんが履き心地を調整してくれれば完璧！」

「京香さん、そろそろその前園さんって言う呼び方、やめてもらえませんか？　何だかこそばゆくて」

雄大が、眉じりを下げて、情けない顔をした。

「ああ、じゃあ——雄大君。履き心地の調整、お願いします」

今度はにっこり微笑《ほほえ》んで、雄大が「はい！」と良い返事をする。

場所を変えたら、本当に何とかなっちゃった。

天野にテイクアウト用のコーヒーを持って店に戻ると、もう美容院から帰ってきていた。

ただし、髪型は一ミリたりとも変わったようには見えない。

「ただいま戻りましたあ」

コーヒーを手渡すと、皮肉混じりの声が飛んできた。

「こんなに店をあけて、さぞいい考えがまとまったんでしょうね」

少しだけ感謝していたのに、憎まれ口をたたかれて、ついムッとした声で答える。

「ばっちり、いいアイデアが浮かびましたから、どうぞご心配なく」

「へえ、それはそれは楽しみです」

「はいはい、乞うご期待ですよ」

京香は天野の嫌味ったらしい口調を受け流して、さっき雄大と話したアイデアを急いでデッサンにまとめていった。

うん。これなら、あの子の細身の足にも似合うし、デザインもずっとセンスがいい。

知らずに力んでいたらしく、気がつくと背中の辺りが痛くなっていた。

「デザインを変えるつもりですか？」

ふいに、上から声が降ってきた。天野がいつの間にか真後ろから覗いていたのだ。

「あの子も、まったく変えちゃだめとは言ってなかったでしょ？」

「そうですね、でも——」

天野はそう言ったきり、テーブルのほうを振り向いて、黙ってしまった。視線の先には、テーブル上に出しっぱなしにしている、晴良のブラッチャーがある。

「まあ、明日になればわかるでしょう」

「何よ。言いたいことがあるなら、はっきり言ってよ」

「いえ、これはあくまで、雄大君と湯浅さんの仕事ですから」

不安を煽ったまま、天野は席に戻ってしまった。

どうせ、嫌がらせでしょ？

雄大と二人で最後のすりあわせをしてデッサンの調整をすると、京香は店を後にしたのだった。

家に戻って、玲子と夕ご飯を食べていると、珍しく雅也のほうから連絡があった。

「あ、ごめん、雅也から電話だ」

「はいはい、どうぞごゆっくり」

ビールを開けている玲子に軽く謝ると、部屋に戻って電話に出た。

『もしもし、京香か』

「うん。お疲れさま。今日は仕事、早く終わったの？」

声が弾む。鏡台に映った顔もにやけていた。

『実は明日、急な会議で上京することになったんだ。夜にはとんぼ返りしなくちゃいけないから、お昼にでも会えないかと思ってさ』

「ほんと!?　いいよ！　でも午後にお客さんが一人来る予定だから、できれば店の近くがいいんだけど――」

『わかった。じゃあ、十二時に元町の駅でどうだ？』

「――うん。やっと、会えるんだね」

『ん？　ああ、そうだったな。悪かった、成田に迎えにも行けなくて』

「ううん、仕事だもん、仕方がないよ。とにかく、明日楽しみにしてるから」

『それじゃあ』

通話が切れてからも、スマホを握りしめてしばらくぼうっとしていた。

「お姉ちゃん、どうしたの？　もう電話終わったんでしょう？」

玲子が部屋のドアから顔を覗かせると、中に入ってきた。

「うん。雅也、明日、東京に来るんだって」

「——ようやくか。もう、帰国して一ヶ月以上経ってるっていうのに。それで、どのくらいゆっくりできるの？」

「あ、ええと、日帰りだって」

「あのさあ、そんなのあり得ないって、お姉ちゃん」

やはり玲子は、雅也の態度が気に入らないようだ。それでも、京香は素直に嬉しかった。帰国してから一ヶ月以上も、この日を待ち焦がれていたのだ。

テーブルへ戻ると、不満気な玲子をよそに、京香は一際おいしいビールを飲み干した。

＊

晴良との約束の日がやってきた。そして今日は、雅也とも会える。

朝からお使いを頼まれたり、雄大の手伝いでクリーニングをしたりと、次々と雑事が回ってきたけれど、頬は緩みがちになってしまった。

「京香さん、何だか今日はご機嫌ですね。いいことでもあったんですか？」

「あ、うん。今日、彼氏とお昼を食べる約束をしてて。帰国してから初めての再会なんだ」

雄大が、きゃあとはしゃぐ。天野は聞こえていないのか、無反応で作業をつづけていた。

「羨ましいなあ。あ、何だったら、少し遅めに帰ってきていいですよ。クリーニングは僕がやっちゃいますから。ねえ、みいちゃん」

「あ、ありがとう。そうしてもらえると助かる」

「ところで、京香さんの彼氏って、どんな人なんですか？　天野さんとも古い付き合いなんですよね？」

「どんな人って、まあ、仕事熱心な人だけど——」

そういえば、雅也と天野は、顔を合わせなくていいのだろうか。雅也は何も言っていなかったけれど、ご飯を食べた後に、そのまま顔を出しに来るつもりなのかもしれない。

「もしかして、ここに挨拶に来るかも」

再び、雄大がはしゃぐ。すると、天野が振り返りもせずに口を挟んできた。

「お昼を外で食べるのは構いませんが、雅也は連れてこなくていいです」

彼女が古い友人の元で働いていて、すぐそばまで来たら、普通は挨拶に来るのではないだろうか。

「え？　でも——」

「連れて、こないで、ください」

一言一句をはっきりと区切るように、天野が繰り返した。

あからさまな拒絶に、怒りよりも驚きが先に立つ。

雄大が気弱な声で間に入った。

「あ、ええっと、じゃあ京香さん、昨日言ってたガラス板だけ買いに行ってもらえますか？　その後はまっすぐ、ご飯に行っちゃっていいですから」

「あ、うん、ありがと」

雄大に軽く手を上げると、京香は立ち上がった。天野はこちらを見ようともしない。

——雅也と天野さんって、友達なんじゃないの？

店を出て元町の商店街から山下公園へと向かう途中に、小さなガラス工場がある。そこへ、部材の加工に使うガラス板を受け取りに行った。

「やあ、天野さんのとこね。また割れちゃったの？」

「はあ、なんかそうみたいです」

気の良さそうなおじさんが、ガラス板をちょうどいい大きさに加工してくれる間、ぼんやりと工場の椅子に座って考える。

天野は私のことも、初日から歓迎していないみたいだった。雅也の頼みだから仕方がなく引き受けたせいかと思っていたけれど、それにしても態度が冷たすぎる気もする。

そこへ、さっきの反応だ。店へ連れてこなくていいだなんて、友達の言葉とも思えない。

おじさんが、ガラス板の他に、紙袋も持ってやってきた。

「はい、じゃあこれ。あとさ、また底が磨り減っちゃったから、この靴底、張り替えてもらっていいかな。なるべく早くって伝えておいてくれない？」

「あ、はい、承りました」

「履きやすいからさ、やっぱりその靴じゃないと調子が出ないんだよね」

「そんなに履きやすいですか？」

「そりゃもう、立ちっぱなしで働くには、最高の靴だよ。全然、疲れないもの」

おじさんは、首に巻いているタオルで顔を拭きながら笑った。

ここでも、天野の靴は重宝されているらしい。

ま、それでもやっぱり、私はデザインを取るけどね。

気がつくと、約束の十二時が間近に迫っていた。京香はおじさんに礼を言うと、元町の駅へと急いだのだった。

雅也が、目の前にいる。それだけでもう、お腹《なか》がいっぱいになるくらい嬉しかった。

「何だよ、にやにやして」

「だって、帰国してから初めて会うんだよ？　約二年ぶりなんだよ？」

「そうだな」

雅也も少し微笑んだ。感情をあらわにしたりしない冷静なところも、京香は好きだ。

二人で少し通りの店を物色して、近くのイタリアンに入った。パスタとピザを一つずつ頼むと、シェアしながら食べる。留学する前は、よくこんな風にデートをしていたっけ。

「それで、どうだ、コルドニエ・アマノでの仕事は？」

「ああ、うん。今ちょっと、無理矢理デザインの仕事をしてるところだけど」

「へえ。天野もデザインをしてるのか？」

「ううん。だって、天野さんって、女性ものののパンプスの依頼は受けないいし、デザインも頑なに拒むってお店の子が言ってた。ねえ、どうしてパンプスのデザイナーを探してるなんてことになったわけ？」

久しぶりに会ったのに、ついつい責めるような口調になってしまった。

「――さあ、どうだったかな」

雅也は、はっきりしない返事をすると、パスタを口に運ぶ。

「ねえ、雅也って、天野さんと友達なんだよね？」

「ああ、古い知り合いだよ。どうして？」

「だって、なんか、私が店にいるのも迷惑そうだし、それに今日だって、雅也を店には連れてこなくていいって――」

雅也が、ふっと息を吐いて顔をこわばらせた。

「あいつ、そんなことを言ってたのか」

「いくら何でも失礼だよねえ――雅也？」

雅也は一瞬、窓の外に目を遣《や》ったあとで、再び京香と向き合った。

「実は、会って直接話したほうがいいと思って黙ってたんだけど。京香に無理を言ってあそこで働いてもらうことにしたのには、理由があるんだ」

「理由って？」

いつになく暗い表情をした雅也に、胸がざわついた。

「あいつと俺は、確かに表面上は友達だ。だけどあいつは昔、俺からデザインを盗んだことがある。俺のデッサンノートを持ち出して――」

「残念ながら本当だ。証拠はなかったが、あいつが発表したデザインを見れば明らかだった。だから京香に俺のノートを取り返してほしいんだ。ブランドを立ち上げたら、今度こそ自分の手で、あの頃のデザインを形にしてみたいと思ってる」

「まさか、嘘でしょ⁉」

天野のことは、初対面からいい印象はなかった。しかしまさか、そこまで腐っていたとは。

「——わかった。人から盗まないとデザインできないから、だからあいつ、自分でデザインしようとしないんだ。だって、今は靴を作ってばかりで、ノートを広げようともしないし」

しかし問題は、そのノートをどうやって取り返すかだ。京香が探すにしてもあの店の中に限られるだろうし、そんな昔のノートを取っておいているかどうかもわからない。

雅也に相談すると、確信に満ちた声が返ってくる。

「あいつ大切なデザインのアイデアは、作業場の机の中に隠しているはずだ。そして俺の勘では、俺のノートも絶対に捨てていない」

「わかった。机の中なら、私でも確認できるかも」

それからは、二人で立ち上げるブランドのことについて、あれこれと話した。二人きりの時間が、高速で過ぎていってしまう。

もっと、話していたいのに。もっとこんな距離じゃなくて、そばにいたいのに。

「そろそろ、戻らなくていいのか？　一時半だし、俺も社に戻らないと」

「――わかった」

小さな声で答えると、雅也は困ったように笑った。

「そんな顔するなよ。来月のゴールデンウィークなら、少しまとまった休みが取れそうだから。神戸に遊びに来たら？」

「本当？　絶対に行く！」

「それとさ、時々、仕事のこととか、デッサンノートのこととか、天野の様子も知らせてくれよ。京香への態度のことも、気になるし」

「うん、任せておいて」

再び元町の駅で雅也と別れると、京香は軽い足取りで店へと戻った。

雅也のためにも、絶対にノートを取り戻してみせる。

そう決心すると、不本意だったこのバイトも、スパイ気分で楽しめる気がしてくる。雅也にもまたすぐに会えると思うと、そこまで寂しくはなくなっていた。

「お帰りなさい」

雄大が、みいちゃんを顔のそばにかかげて出迎える。そんなちょっとおつむの怪しい雄大にも優しくできそうなくらい、気持ちが元気になっていた。

午後三時過ぎになって、晴良が店先に現れた。相変わらず面白くもなさそうな顔で扉をくぐる。

「おばさん、いる？」

開口一番、これだ。雅也と会った後でも、さすがに顔が引きつった。

「私は、湯浅です」

「何よ、お客様に向かってその言い方」

「いくらお客様だからって、理不尽なことされたら、人として怒るわよ」

晴良は、口をへの字に引き結んで黙った。

「いらっしゃいませ。さ、ここに座ってください。紅茶と、それから僕の手作りのシフォンケーキです」

「うわあ、美味しそう。前園さんって、靴よりもお菓子作りのほうが上手なんですか？」

あからさまな嫌味に、さすがの雄大も、少し傷ついた表情を浮かべた。みいちゃんのほうを見て何か短く呟いたが、聞こえない。

京香はデッサンノートと例のブラッチャーを持ち出し、テーブルの上へと置いた。

「で、どうなの？　その靴、どうやってマシにしてくれることになったの？」

晴良が、正面から挑むように言った。雄大が、怯えたように答える。

「あ、あの、僕と湯浅で話して、全部が気にくわないんだったら、やっぱりちょっとデザインを変更させてもらえないかなって、少し考えてみたんです」

晴良の表情がさっと曇った。しかしこの反応は想定内だ。デザインのデッサンさえ見てもらえれば、きっと考えが変わるはずだ。

「まあ、見てみてよ」

一言も発せず表情を硬くしている晴良を見ながら、デッサンノートを開く。

晴良が、じろりとノートに視線を向けた。

「今のデザインも悪くはないけど、シンプルすぎる。かといって変えすぎちゃいけないってことだったから、ほんの少しアレンジを加えてみたの。例えばこの紐を通す羽根の部分だけど――」

「何、これ」

すべての説明を聞く前に、晴良が低い声で言った。

「え？」

「こんなことされちゃ困るんだけど」

「でも、デザインを少しだけなら――」

「デザイン、デザインってうるさいなあ。おばさん、聞いてなかったの？　デザインをそんなに変えちゃいけないんだってば！」

反抗的な態度を取られるだろうとは予想していたけれど、ここまで拒絶されるとは思っていなかった。雄大が小さな声を出す。

「あの、それじゃ、履き心地だけフィットさせるっていうのはどうです？」

晴良が雄大に視線を移した。その目の縁がうっすらと赤くなっている。

「履き心地？　そんなの良くしてどうするの？　私はこれから服役するんだから！」

晴良が乱暴に立ち上がると、こちらに背を向けた。肩が、小さく震えている。

もしかして、泣いてる？

「ねえ、服役って、どういうこと？」

京香の問いかけには答えず、晴良は大股で扉まで近づくと、飛び出していってしまった。

「――ええ⁉」

あまりにも思春期すぎる振る舞いに、思わず素っ頓狂な声が出る。雄大も、呆然としたまま突っ立っていた。

それまで静観していた天野が、がたがたと椅子から立ち上がって二人に告げる。

「失敗だったみたいですね」

バカにするような口調に、カチンときた。

何よ、自分は昔、雅也からデザインを盗んでたくせに！

睨み返した京香を無視して、天野は雄大に視線を移した。

「雄大君、あなたの仕事ですよ。さあ、どうします？」

「あ、ええと、僕、その――」

雄大はしばらく迷うように店の外を見ていたけれど、やがて顔つきを引き締めた。

「僕、晴良さんを連れ戻してきます！」

そのまま、何も持たずに店を飛び出してしまった。次に、天野の冷たい視線が、京香に向けられた。

「京香さんは、お店の掃除をお願いします。少し、床が散らかってるようですから」

こんな時まで、雑用を押しつけようとするんだ⁉

あんな思春期、関わりたくなんてないけど――。

天野を目の前にすると、むくむくと反抗心が湧いてくる。気がつくと京香は、口走ってしまっていた。

「私も担当ですから、追いかけてきます」

天野の返事を待たずに、雄大を追って店を飛び出す。

っていうか、どうしてこういう展開になるのよ。

仲通りまで出ると、左手に雄大、そしてさらにその向こうに晴良の背中が見えた。高いヒールでようやく雄大に追いつくと、泣きそうな顔を向けてくる。

「京香さん、よかった！　僕一人だと、声を掛けづらくて」

晴良は、肩の辺りに怒りをみなぎらせ、大股で駅方面に向かって突き進んでいた。

「京香さん、僕の代わりに声を掛けてくれませんか？」

「どうして私が？」

「だって、あの子、かなり怒ってるみたいだったし。僕、もう怖くって」

「そんなこと言われても――」

京香が声を掛けたところで、あの晴良が素直に店に戻るだろうか。

十メートルほど距離を空けて、晴良の後を追う。これではまるで、尾行しているみたいだ。

「それにしてもあの子、やっぱり変だよね？　ひょっとして精神的にちょっと、不安定なんじゃないの？」

京香の文句は、早歩きのせいで途切れがちになった。ピンヒールで無理に前後させている足の裏が痛い。

「あの年頃は難しいから。僕もけっこう、情緒不安定だったし。みいちゃんだけが、僕の理解者でしたもん」

「――まあ、それはいいとして、こんな平日から、学校にも行かないでふらふらしてるわけだし、問題児だと思うけどなあ」

「京香さん。今は春休みですよ」

「ああ、そっか」

晴良は仲通りを通り過ぎて左に折れ、中華街へと向かった。

「ねえ、京香さん。早く声を掛けてくださいったら」

「私だけなんてずるいよ。二人で声を掛けようよ」

軽く揉めているうちに、元町と中華街をつなぐ前田橋の袂《たもと》まで来ていた。橋を渡ろうとしたところで、京香はふと、違和感のある人物に気がついた。

「ねえ、あの髪の長い子、さっきからずっと私たちと晴良の間にいるよね？」

「え？　そうでした？」

雄大が首を傾げながら、京香の指さした方向を見る。

「たまたま元町から中華街へ抜ける人じゃないですか？」

「でも何か、動きが不自然っていうか。周りを気にしすぎじゃない？」

晴良が、橋を渡った先にある中華街への入り口、朱雀門の前で立ち止まった。右か左、それともまっすぐか、どの道を行こうか迷っている様子だ。同時に、くだんの少女も立ち止まり、所在なさげに左右を見回している。結局、まっすぐ朱雀門をくぐったが、すると少女も晴良の後を追って、今度は淀みなく歩き始めた。

「確かに。あれじゃあまるで、晴良さんを尾行してるみたい」

「もしかして、ストーカーかな？」

「女の子に、女の子のストーカーですか？」

いや、晴良のあの性格だ。周りの女子の反感を買って、何かしらの恨みを持たれている可能性だってある。

「謎の多い子ですねえ。〝服役〟って言葉も気になるし」

「なんかもうこっちが恥ずかしくなるくらい、思春期臭がすごいんだけど」

うんざりしながら京香も雄大といっしょに朱雀門をくぐる。もはや、晴良を尾行する少女を尾行する、というようなわけのわからない状況になっていた。

「あのお子様っぷりだと、まんざら、玲子の推測も外れじゃないかも」

「玲子さんって、確か妹さんですよね？」

「そう。玲子が言うには、あの年頃の女の子が靴を嫌いになるなんて、デザインとか、嫌いな子が同じ靴を持ってるとか、そういう単純な理由じゃないかって言ってたんだよね」

「なるほど。人間関係のもつれかあ。あの年頃って生きづらいんですもんねえ。僕、ほんと、みいちゃんがいなかったら――」

また、みいちゃん話が始まったのを適当に聞き流しながら、少女たちを追いかける。

そろそろ日が傾きかけていて、賑やかな通りには、明かりが灯りはじめていた。路面店から肉まんやシュウマイのいい香りが漂ってくる。春の宵の入り口は、中華街のカラフルな看板ごとぼんやりとした霞に包まれていてどこか幻想的だった。このまま不思議な世界へと迷い込んでしまいそうな、心細い気持ちになる。

一体どうして私は、パンプスのデザインじゃなくて、こんな尾行なんてしているんだろう。

京香の気持ちが腐りかけた時だった。晴良が気まぐれな足取りで、雑貨店の中へと入って行こうとした。その拍子に晴良の顔がこちらを向き、慌てて中華料理店の軒先に身を潜める。晴良を尾行していた少女も、あたふたと体の向きを変え、逆に京香たちのほうを向いた格好になった。一瞬目が合って、すぐに顔を背ける。

「京香さん、いっそあの子に事情を聞いてみません？　あの子のほうが、優しそうだし」

雄大が、臆病なんだか、大胆なんだかわからない提案をしてきた。

確かに声も掛けられずにこうして後をつけているよりも、よっぽど話が早いかもしれない。

少し迷ったが、京香は少女に声を掛けてみることにした。

近づいていくと、少女が不安気にこちらを見た。雄大の言う通り、気の優しそうな子だ。

「あの、元町の靴屋のものなんですが、ちょっとお話を――」

少女の頬が、みるみる紅潮していった。

「私、靴は間に合ってますから」

小さな声で呟くと、足早にその場を立ち去ろうとする。

「あ、ちょっと待って！」

引き止めると、少女が小走りになった。

雄大が向こう側で、少女を通せんぼするように立つ。

少女は一瞬うろたえたあと、今度ははじかれたように駆けだした。雄大もくるりと体の向きを変えて、必死に後を追いかける。

――でも雄大君、足、おそっ！

内股走りの雄大は、少女にどんどん距離を広げられていった。

やがて少女は視界から完全に姿を消し、雄大は力尽きたように立ち止まってしまった。そばまで行くと、荒く息を吐きながら、げほげほと咳き込んでいる。

「ごめんなさい、僕、運動神経ないの忘れてて――」

「待って。あの子、何か落としたみたい」

京香は、少女が走りさっていった道の途中へと移動した。かがんで、通りのど真ん中に落ちているひらひらとした白い布を拾う。雄大も追いついてきて覗き込んだ。

「きれいなハンカチ。あれ、でもこのイニシャルって、晴良ちゃんのブラッチャーに刻印されてたのと同じじゃないですか？」

「そういえば、そうだね」

レースのハンカチには、あの刻印と全く同じ装飾文字でSRと刺繍がしてあった。ということは、このブランドは靴だけではなくて、服飾全般を扱っているのだろうか。

その後、しばらく二人で雑貨店の前で待ってみたが、晴良は全く出てくる気配がない。しびれを切らして京香が店内を確かめると、なんと店には出入り口が二つあり、どうやら晴良はこの通り沿いではないもう一つの出入り口から、出ていってしまった後らしかった。

「見失っちゃいました」

店に戻って、雄大が情けなさそうに天野に告げる。

「連れ戻すのも失敗ですか。だから、日頃から言っているでしょう。靴の声をちゃんと聞きなさいと。持ち主のことは、靴がちゃんと教えてくれるんです」

作業台から顔も上げずに、天野が不機嫌な顔で言った。

「――すみません、僕の力不足です」

雄大は、しょんぼりと項垂《うなだ》れている。

京香は、小うるさく文句をたれる天野のことは相手にせず、さっき拾ったハンカチの刺繍と靴の刻印を見比べてみた。

「あ、そうだ。そのハンカチ、どうですか？」

「やっぱり同じロゴマークみたい」

「なんです？　それは」

天野の質問を思いきり無視した京香の代わりに、雄大が返事をする。

「実は、ちょっと気になる女の子がいたんですよ。ね、京香さん」

尾行中に起きた出来事を簡単に説明すると、天野は目を細めた。

「へえ、なるほど。それは面白いですね」

言いながら、席を立って大きく伸びをする。大テーブルへと近づいて、置いてあったブラッチャーを手に取った。

その途端、天野の周りの重力だけが、一気に増したようだった。

「でた、靴の声を聞く天野さん」

ゴクリと雄大が喉を鳴らす。

「はあ？　あいつ、何やってるわけ？」

天野は、こちらの会話など耳に入らないように、ものすごい集中力でブラッチャーを観察しつづけている。そのうち、何かぶつぶつと、独り言まで呟き出した。

「かえしが……ラバー……雨……紐靴……キップを使って……」

「ねえ、靴の声を聞くって何なのよ。あいつ、何やってるわけ？」

「天野さん、普段の集中力もすごいですけど、ある一線を越える瞬間があって。靴作りでも、こうやって靴を観察している時でも、いわばスーパー天野さんになるっていうか。そうすると、靴の特徴から、持ち主のことが色々とわかっちゃうらしいんです」

「へえ」

っていうか、そんなことができるなら、最初からやってくれればいいのに。

きらきらと目を輝かせて天野を見守る雄大の隣で、京香はしらけた気分で立っていた。

どんなにすごいことができたって、正体は、デザイン泥棒でしょ？

ふっと短い息を吐き出して、天野が顔を上げた。

「靴の声が、聞こえました」

「何かわかったんですね」

雄大が駆け寄っていく。

「その子が何者かはわかりませんが、このハンカチと靴の正体は何となくわかりましたよ」

京香は思わず、瞬《まばた》きをした。

三日間、穴があくほど見つめたブラッチャーに、何か京香の見落とした秘密でもあったのだろうか。京香には、よくできた品のいい既成靴ということしかわからなかった。

「きゃ、何ですか、正体って？　もしかして靴に何か仕掛けがあったとかそういう落ちですか？」

雄大が、上から下から、ブラッチャーを覗きこむ。

「違いますよ。雄大君も、ちゃんと靴の声を聞いてあげてください。私には色々と教えてくれましたよ」

天野が呆れたように雄大を突き放す。どうやら、その靴の声とやらをこちらに教えてくれるつもりはないらしい。

――本当は、何もわかってなかったりして。

「答えがわかってるなら、もったいぶらないでよ」

京香が、半ば意地悪な気持ちで急《せ》かした時だった。そっと扉を開ける音がした。

「いらっしゃいませ」

反射的に振り返る。たった数日で、雑用係としての態度が身についてしまっている自分が悲しかった。しかし、入ってきた相手を見て、京香は思わず指を差した。

「あ、あなた——」

「こんにちは。すみません、私、あの、さっき、ほんとに、あの子が」

その人物は、先ほど逃げられてしまった少女だった。優しげな目が何度も瞬きをし、言葉があたふたと飛び跳ねてまとまらない。気の毒なほど緊張しているらしかった。

「ええと、とりあえず、この椅子にでも座ったら？」

京香が席を勧めると、少女は落ち着かない視線を三人に向け、小さな声で「すみません」と再び呟いて腰掛けた。

「コーヒーか紅茶ならありますけど、どちらになさいますか？」

雄大が尋ねると、少女は消え入りそうな声で「コーヒーを」と頼んだ。

「このハンカチって、あなたのよね」

京香がハンカチを少女に返すと、少女があたふたと受け取る。

「あ、やっぱり私、落としてたんですね。すみません」

晴良と同い年くらい、いや、この少女のほうが少し上だろうか。どことなく似ているような気もした。京香には最近、このくらいの年代の少女は全部同じような顔に見えてしまうのだ。人数の多いアイドルグループなど、よほどの美形以外は全く区別のつかないこともある。

雄大がコーヒーを運んできた。少女はカップを受け取ると、ミルクを注いで一口飲んだ。ほうっと少女の口からため息が漏れる。ようやく少し落ち着いたらしい。

京香と雄大は、少女の向かいに座った。

「本当に、さっきはすみませんでした」

改めて、少女が謝罪する。晴良と似たような少女だが、中身は大分しおらしい部類らしい。

「さっきは驚かせちゃったみたいで、こちらこそごめんなさい」

恐縮しながら、京香も雄大といっしょに頭を下げた。

「ちょっと確認したいのですが、この靴と、そのハンカチに刺繍されているロゴマークは、学校の校章ですね？」

立ったままの天野が、出し抜けに少女に尋ねた。

「校章⁉」

京香と雄大はそろって声を上げた。

少女は天野を見上げると、こくりと頷く。

「はい。私が通っている高校の校章です。セント・ロジャー・ハイスクールの頭文字を取って、ＳＲと」

「ああ、そうか！　どっかで見たことがあると思ったら、緑風館のマークだったんだ」

雄大が悔しそうに呟く。

「はい。日本語だと、緑風館高校っていいます」

「あの良家の子女が多いことで有名な、山手にある私立高校ですよね。今はちょうど春休みだから、制服の子もいなくて、思い出すきっかけがなかったんだなあ」

緑風館高校のことなら、京香も耳にしたことがあった。もはやブランドになっているお嬢様学校で、確か初等科から大学まで揃っている。学費は、普通のサラリーマン家庭ではとてもまかなえないほど高額だと聞いたことがあった。

「この靴も、緑風館の指定靴ですね？」

天野が尋ねると、少女が頷いた。

なるほど、声とやらを聞いて、天野には靴の正体がわかったらしい。しかし、一体どうやって、その結論に辿《たど》り着いたのだろう。

まさか本当に、靴としゃべったわけじゃないよね？　雄大君じゃあるまいし。

「その靴をここに持ち込んだの、私の妹なんです。私は晴良の姉で、渚《なぎさ》って言います。あの子、今度の春から、緑風館に通うことになっていて」

「お姉さんだったの――!?」

この年頃の子が同じような顔に見えるのではなく、この二人は本当に似ていたのだ。

「あの、妹はどういうお願いをしたんですか？」

渚は、心配そうに京香たちを見つめた。別に守秘義務もないから話しても構わないだろう。

京香が言われたままを教えてやった。

「ええと、この靴の何もかも気にくわないから、どうにかしてくれって」

天野の作業台にあったブラッチャーを、渚の目の前に持ってきて見せる。

「何もかも、ですか」

渚が目を伏せた。細い指が、先ほど京香が手渡したハンカチをギュッと握りしめている。

「何か、事情をご存じなんですね？」

天野が尋ねると、渚がおろおろとした表情を浮かべたまま頷いた。

「晴良は、すべり止めだった緑風館に通うのを嫌がっているんです」

「すべり止めってことは、第一志望の受験に失敗したってことですか？」

雄大が尋ねると、渚は横浜市内でも有名な進学校の名を挙げ、晴良が中学の仲良しグループの中で、その進学校に一人だけ不合格だったのだと教えてくれた。

「うわあ、一人だけってショックですねえ」

「はい。あの子、負けず嫌いだから余計に辛《つら》いと思います。でも、家族の前でも一度も泣いてなくて」

京香は、晴良のきつい目元を思い浮かべた。あの性格だ。確かに、仲良しグループの中で自分だけが志望校に行けなかったなんて、プライドが許さなかっただろう。

子供にとっては、学校が世界のすべてだ。晴良は、その世界から拒否されたのだ。その代わりに開かれた世界は、滑り止めにして行く気もなかったお嬢様学校――。

何もかも気に入らないと晴良が言ったのは、実は靴ではなく、四月から通う緑風館のことだったのだろう。

「緑風館だったら、憧れている女の子もいっぱいいそうですけどね」

「はい。私は入りたくて入ったので、学校が大好きなんですけど、あの子は嫁に行きそびれたらつぶしがきかないって――」

「通ってるお姉さんに対してひどいこと言いますね」

「さすがにちょっと傷つきました。でも口調が強い分だけ、あの子、同じくらい強く落ち込んでるはずなんです」

渚は、ブラッチャーに憂いを含んだ眼差しを向ける。高校生の渚が、今この場にいる誰よりも大人に感じるのは、京香の気のせいだろうか。

「それで、後をつけてたの？」

ふと、尾行のことを思い出して尋ねてみると、渚がみるみる顔を赤らめた。

「はい。あの子が万が一、バカなことをしでかさないかって心配になって。尾行なんて、私のほうがバカなことしちゃいました」

言われて京香も、雄大と気まずい視線を交わし合う。渚の言うバカなことを、いい大人二人もやったのだ。

「それにしても、学校が嫌いなんじゃ、靴の問題じゃないですよねえ」

雄大が呟く。確かに、それは靴屋が解決できる問題ではないように思えた。

「あの子、一度も登校しないまま不登校になっちゃったらどうしよう」

渚が俯いた。可哀相だけれど、京香には何もしてあげられない。

晴良はこれから、自分は失敗したのだという事実を少しずつ時間をかけて受け止め、自分の力で立ち直っていくしかないように思えた。

「いいえ、靴の問題でもあります。だから晴良さんはここに靴を持ち込んだんです」

力強い声がした。渚がはっと顔を上げる。

振り返ると、天野が珍しく微笑みを浮かべていた。営業用でもなく、皮肉にも見えない表情で、ただ渚を励ますように見つめている。

「でも、受験に失敗して、たまたま、靴に八つ当たりをしただけじゃないの？」

京香には、どうしても靴の問題とは思えない。実際、あの無茶なオーダーだ。

「それは違います。湯浅さんは、ちゃんと晴良さんの話を聞いてなかったんですか？」

「――聞いてましたけど」

おばさん、おばさんって連呼されながら、耐えてましたけど？

憮然《ぶぜん》とした表情の京香を放っておいたまま、天野が渚に向かって請け合った。

「渚さん、ご心配かもしれませんが、晴良さんは大丈夫です。彼女、店に来た時、デザインは変えられると困るって言ったんです。それはつまり、校則違反になるからでしょう？」

少しの間考え込んだあと、渚は、はっと顔を上げた。

「それってつまり、妹は――」

「そうです。ちゃんと学校に通うつもりがあるということです。彼女、この靴といっしょに歩きだそうとしているんですよ」

「ほんとですね！　だったら私、このまま靴を持ち帰って――」

腰を浮かしかけた渚を、天野が制した。

「いいえ、それは少しだけ待ってください。僕たちのほうで、晴良さんのご依頼にきちんと応えないと。それには、少しだけ晴良さんについて教えてほしいことがあるんです」

天野は、一体、このブラッチャーをどうしようというのだろう。

京香にはさっぱりわからない。雄大も、顔にハテナマークを浮かべている。

ともあれ渚は、天野の質問にすべて答え、帰っていった。ここへ訪ねて来た時より、ずいぶんと柔らかな表情だった。

＊

四月五日の日曜日。明日は、横浜市内の多くの学校で入学式が行われる。中学生でも高校生でもない最後の一日に、晴良は姉の渚に連れられてコルドニエ・アマノにやってきた。天野が店に来てもらうよう連絡したのだ。

「おばさん、なんか、面白いもの見せてくれるらしいじゃん」

相変わらずの憎まれ口に、渚が申し訳なさそうにそっと頭を下げた。渚に免じて、辛うじて大人の態度を保つ。

晴良は傷ついているのだ。受験に失敗して、思春期をこじらせまくっているのだ。同じ土俵に立ってはいけない。

「残念ながら、私は手伝っただけ。本当にあなたの靴を担当したのは後ろにいる天野さん」

「え、でも、京香さんだってさんざんかけずり回って——」

口を滑らせた雄大に軽く睨みを利かせると、雄大が口に手を当てて黙った。

天野は白い箱を取り出し、テーブルの上で蓋を開ける。中から、ぴかぴかに磨かれたブラッチャーを取り出して、晴良の目の前に並べてみせた。

「何これ、どこも変わってないじゃん」

晴良が口を尖らせる。

「だって、どこも変えちゃいけないんでしょう？　校則違反になるから」

京香の言葉に、晴良がぐっと押し黙った。こちらが色々と晴良の事情を知っていることは、すでに姉の渚から聞いているはずだ。

「ただし、インソールだったら、問題にはならないんじゃないですか？」

天野が靴の中に詰めていた紙を取り出してみせた。校章が刻印されていた元のインナーの上に、鮮やかなブルーに染められた革がセットされている。履き心地調整のために作られたインソールだった。

「これ、私の好きな海の色——。それにSSってもしかして」

京香は、顔を上げた晴良に軽く頷いてみせた。

インソールには、前と同じように刻印がしてあった。ただし校章ではなく、坂上晴良の頭文字を取ったSSだ。

「この一足は、学校の指定靴です。でもそれは、晴良さんの足を包んでいるだけのものにすぎない。どこの学校に通っていても、どんな道を歩いていても、晴良さんは晴良さんです」

この言葉を聞いて、ようやく京香も納得がいった。

ここ数日間、天野の言いなりになって作業を手伝った。正直、なぜ青いインソールを用意しなければいけないのか、なぜ新たに刻印をするのか、いくら雄大と一緒に靴を観察してみても、さっぱり見当がつかなかったのだ。インソールに使用する青い革はなかなか理想のものが見つからず、結局、コルドニエ・アマノがいつも世話になっているという革職人の元まで京香が出向いたりもした。

自分の高校時代を、思い出してみる。制服を着た少女たちは、同じ校舎の中で同じ制服を着て、同じ方向を向いて座っていた。しかし、その中身は一人一人驚くほど違っていた。みんながそれぞれ、一つの宇宙を形作っているように――。

だから天野は、この靴のインソールを晴良の内面に見立てて、晴良の好きな色に染め、晴良の頭文字を刻印したのだろう。

悔しいけれど、京香には、それ以上にいいアイデアを思いつける自信がなかった。何よりも、当の晴良がこのインソールを必要としているように思える。

「学校がブランドなのではなく、あなたがブランドなんですよ、晴良さん」

天野の言葉に、晴良の顔が歪む。しかし晴良は、ぐっと口を引き結んで、決して涙をこぼさなかった。

「私、第一志望に落ちるなんて思ってなかったから。自分が進むはずだった未来はもう永久に閉ざされたんだって思うと、苦しくてたまらなかった」

憎まれ口をやめて素直に語りだした晴良の姿は、驚くほどあどけない。

「指定靴を買った店には、第一志望だった高校の指定靴も並べられてて、もうどうしていいのかわからなくなって。靴を買った帰りにここの前を通りかかって、気がついたら中に入ってたの」

「それで、あんな無茶なオーダーをしたんだ」

晴良は京香のほうへ向きなおって、「ごめんなさい」と小さな声で謝った。

「でも、何とか進もうって頑張っていたから、ここに駆け込んだんですよね？　大丈夫、晴良さんはとっても強くて、勇気がありますよ」

雄大が、「ね？」と首を傾げてみせる。

天野が口を開く。

「でも緑風館は、嫌いになるには少しもったいない学校だと思うんです」

晴良だけではなく、姉の渚も天野の言葉にはっと顔を向けた。

「おそらくですが、第一志望の高校の指定靴は、ローファーではありませんでしたか？」

おずおずと頷く晴良に、天野は穏やかな眼差しを向ける。

「そう言われてみれば、学校の指定靴ってローファーが定番ですよね。緑風館みたいに紐靴って珍しいかも」

雄大が天野に向かって言う。

「そう。でも実は、指定靴としてふさわしいのは紐靴のほうなんです。既成靴はオーダーメイドと違って、どうしても一人一人へのフィット感に限界がある。でも人間の足は十八歳まで成長しつづけます。成長期の足の健康のためにこそ、足に合った靴を履くべきなんです」

確かにフィット感に難があるのは、既成靴の宿命だ。しかしそれは、ローファーでも紐靴でも同じなのではないだろうか。みんなの胸に浮かんだ疑問に答えるかのように、天野がつづける。

「紐靴であれば、それもこの外羽根式であれば、紐の締め具合で微調整がききます。それだけではありません」

天野は熱っぽい口調で、ブラッチャーを手に取って、細かく解説してみせた。

「いいですか、まずこのラバーソールです。外羽根式で多少カジュアルだとはいえ、ここまで仕立てにこだわった靴だったら、ソールも革にするのが一般的です。その上で、滑りが気になるようだったら、一部だけをゴムにする。私だったらそうします」

その点は京香も疑問に思っていたところだった。

「確かに、そう言われてみればそうですね。ダイナイトソールだったから、それもこだわりだろうって僕、流しちゃってました」

「まさにその通り。おそらく、こだわった結果のラバーなんです」

「ちょっと待って。よくわからないんだけど。ダイナイトソールって、何？」

京香が、勝手に納得し合う天野と雄大の会話に割って入った。雄大が申し訳なさそうに解説してくれる。

「あ、ええとダイナイトソールっていうのは、イギリスの有名なゴムメーカーのブランドなんです」

言いながら雄大は、靴底をこちらに向けてくれた。姉妹もいっしょに覗き込む。土踏まずの部分を除いて、靴底部分に丸い凹みが施してあり、この凹凸でグリップ力を高めているのだという。しかも表面からはこの凹凸が見えないから、ドレスシューズにも合わせやすい。

「シンプルだけど、スニーカーのぎざぎざの底に比べて汚れも付きづらいし、お手入れもしやすいんです」

雄大の説明を、天野がさらに補足する。

「インナーも革ですが、つま先部分は実は吸湿素材に切り替えてあります。かえりも、ちょうどいい」

天野がブラッチャーのつま先部分を作業台に縦に当て、軽く折り曲げてみせた。これが真ん中から二つ折りになるほど柔らかいと疲れやすく、逆に全く曲がらないのも同様に足に負担がかかる。目の前のブラッチャーは、つま先部分が適度に曲がる理想のかえりだそうだ。

「革素材も、キップを使用しています。キップというのは、生後六ヶ月から二年の牛革で、まあカウよりは耐久性に劣りますが、カーフよりは丈夫で質もいい。三年間、しっかりと生徒さんたちの足を守ってくれるはずです」

なるほど、天野が靴の声を聞いたというのは、こういうことだったのだ。どこまでも注意深く靴の特徴を観察して、分析し、答えを導き出す——。

ただの靴職人じゃない。超がつく〝靴オタク〟なんだ。

「つま先から踵まで、生徒さんの足のことを真剣に考えて作られた、通学靴としては最高の一足です」

そう言い切った天野の話は、まだつづく。

「今は、実に中学生の約三十パーセントが外反母趾《がいはんぼし》だと言われています。その予備軍を含めると半分を占めるほどだ。親も、この国も、靴と健康への意識が低すぎるんです」

そんな現状の中で、生徒の足を真剣に考え、リスクを最小限にするための一足を選ぶ学校。

その学校が、生徒にとって悪い学校であるはずはない。

そう語る天野の口調は、いつになく熱っぽかった。とにかく、きっと晴良さんも、通ううちに緑風館の良さがわかりますよ」

「すみません、つい話が逸れてしまいました。とにかく、きっと晴良さんも、通ううちに緑
風館の良さがわかりますよ」

晴良は肯定も否定もせず、ただ黙って、生まれ変わったブラッチャーを見つめていた。

今回の会計は本来ならば三万円。それを入学祝いだと言って、天野は半額にしてしまった。それでも十五歳が支払う金額にしては高額だが、晴良はゴールドカードを財布から取り出すと、さっと会計を済ませた。家族カードでも持たされているのだろう。

「お金のことなら、気にしなくていいのに」

晴良が少し不満気に口を尖らせる。そう言えばこの間もそんなことを言っていた。今ならお金のことは心配いらないと。

「受験に失敗した晴良さんを、ご両親がすごく心配なさってるんですね。だから緑風館に通うための準備には、いくら使ってもいいと言われている。違いますか？」

天野がじっと見つめると、晴良は、つっと視線を逸らした。

なるほど、それで〝今なら〟と注釈つきでお金の心配はいらないと言ったのか。まったく、親のことを何だと思っているのだ。

やがて姉妹が店を出る時、見送りに出た天野がふいに言った。

「そうだ。いい靴を履いているといい未来に行けるっていうジンクス、知っていますか？ きっと四月からの緑風館での生活は、うまくいきますよ」

晴良は一瞬何かを考えたあと、ほんのかすかに微笑んで、渚と並んで帰っていった。

二人を見送った後、天野の背中を追って店に戻りながら、複雑な気分になる。

こんなにいいアイデアを出せるのに、こんなに靴作りに対して真剣なのに、どうして天野は、人のデザインを盗んだりしたんだろう。

いや、なまじ人より少し才能があるからこそ、そして靴作りに真剣だからこそ、魔が差してしまうこともあるのだろうか。

相変わらずぴしっと揃った天野の刈り上げを見ていると、同情心すら湧いてくる。

突然、天野がくるりと振り返った。晴良たちに見せていた穏やかな表情は、きれいさっぱり消えている。

「何をぼんやりしているんです？ ちょっと机の上が汚いですよ。みっともないですから、ちゃんと整頓してください」

——ゴールデンウィーク、雅也に会いに行くまでには、天野の机の引き出しの中を覗いてみよう。

ノート、ないと、いいな。

いきなりそんな考えがぽつんと浮かんで、慌てて首を振る。

そんなわけない。ちゃんとノートを見つけて、雅也に渡してあげなくちゃ。

「湯浅さん？　聞いてるんですか？」

「え⁉　あ、はいはい」

催促する天野に、慌てて頷く。

天野は「ふん」と鼻を鳴らすと、作業台の自分の席に戻っていった。

SHOES 2

サイズ違いのスニーカー

ゴールデンウィークも過ぎ、春というよりは夏に近いような陽気がつづいている。

ここのところ、依頼といえば、紳士靴の修理やクリーニングばかり。京香は今日も、むっすりとした顔で靴を磨いていた。

「あのう、京香さん。余計なお世話かもしれないけど、眉間に皺ができちゃいますよ」

雄大のアドバイスにもイラッとくる。それでも、眉間を軽くマッサージすると、再びクリーニングをつづけた。

クリーナーの汚れが付くのを防ぐために、作業中は、雄大がくれたエプロンを身につけることになった。せっかく青いパンプスできめてきたのに、染みのついたエプロンで雑用ばっかりなんて——。ああ、デザインがしたい！

大きくため息をつくと、扉の開く音がした。

「おっす。みんな、やってるかあ？」

埃っぽい空気とともに、男がのっそりと入ってくる。

「あ！　牛久《うしく》さん、お疲れさまです」

雄大が、きのこ頭を揺らしながら、嬉しそうに駆け寄っていった。

「お待ちしていました」

天野も作業していた手を休め、立ち上がって出迎える。

男は、コルドニエ・アマノ馴染みの革職人、牛久久志《ひさし》だった。京香も先月、晴良という女子高生の依頼があった際に、顔を合わせている。

名前の通り、雄牛のようなごつい体つきで地声も大きいため、初対面の人間には豪快な印象を与えるが、意外にも大のスイーツ好きだ。この店にも雄大の手作りお菓子が目当てで、足繁く通っている節もある。

「今日は牛久さんが来るって言ってたから、特別に作っちゃいましたよ。セサミクッキー」

「いいねえ！　俺も買ってきたよ、この間言ってた豆大福」

「わあい、僕、緑茶を淹れてきますね。みなさんも食べますよね」

尋ねたくせに返事も聞かず、雄大は鼻歌まじりにミニキッチンへと消えていった。

「よお、新入りデザイナーさん、頑張ってるか？」

牛久が、しゃがれた大声で尋ねてくる。

「――はあ。デザインの仕事は、一切してませんけど」

「なんだよ、まだ天野がぐだぐだ言ってるのか。おい天野、いい加減に――」

「私は何もしていませんよ。ただ単に、パンプスの依頼がないだけです」

素っ気なく返事をした天野に、牛久は大きなため息をつくと、どっかりと椅子に座って豆大福を取り出した。

「京香ちゃんも食べろよ。ここの豆大福、うめえぞ」

「いただきます」

牛久のおもたせはいつもハズレがないので、京香も実は楽しみにしている。

雄大が緑茶を運んでくると、いつの間にか天野もちゃっかりテーブルについている。どうやら、あんこに目がないらしいことが、ここ二ヶ月弱でわかった天野に関する数少ない情報の一つだった。

肝心の、雅也から盗んだというデッサンノートは、まだ見つけられていない。鍵のついた作業台の引き出しが怪しいのだが、肝心の鍵を見つけられないでいるのだ。

もちもちとした大福をかぷりといただくと、やや塩気の利いた上品なあんこの味が口の中いっぱいに広がった。

「牛久さん、これ、すっごくおいしい！」

雄大が両手を頬にあて、うっとりと目を閉じた。確かに、美味だ。京香の心も、大福を一口頬張るごとに凪いでいく。天野までが、前髪がやや乱れているのも気にせずに、黙々とふくよかな大福を口に運んでいる。

一足早く一個を平らげた牛久が、さっそくテーブルの上に革を広げた。

「これが、この間頼まれたコードバンだ。俺の最高傑作だぞ」

天野の表情が、微かに動く。新しいオモチャを手にした無邪気な子供の顔が、一瞬だけ現れて、すぐに消えていった。

コードバンは馬、それも希少な農耕馬の臀部《でんぶ》から取れる革で、革のダイヤモンドとも呼ばれている。加工の難しさでもよく知られているが、牛久の手にかかれば、どんなに気難しい革でも上質の鞣《なめ》し革に変身してしまうと、全国でも評判らしい。

「きれいだろう」

京香がぼんやりと見ていると、牛久が誇らしげに言った。

「相変わらず、気持ちのいい肌触りですね。さすがタンニン鞣しだ。大切に使わせていただきます」

天野がさらりと革を撫でたあと、牛久に頭を下げた。天野がこんな風に素直な態度を取るのは、牛久に対してだけだ。年上の職人というだけではなく、その腕前を尊《たっと》んでもいるのだろう。

ま、私への態度は、相変わらず感じ悪いままですけど。

一息ついてクリーニングに戻ろうとすると、険のある声で、天野に呼び止められた。

「湯浅さん、修理の終わった靴を、二足ほど届けに行ってください。どちらの届け先も商店街ですから、そう時間もかからないはずです」

「はあい」

豆大福で柔らかくなった心が、みるみる硬化していく。クリーニングの後は、お届けものときた。のろのろと外出の準備をして立ち上がると、牛久も同時に席を立った。

「俺も一緒に出るわ」

二人で店を出ると、「最初はどこだ？」と尋ねてくる。てっきり自分の工房に帰るのかと思ったら、どうやら牛久も届け物に同行するという意味だったらしい。

「あの、私、一人で大丈夫ですけど――」

戸惑っていると、牛久が「わかってる、わかってる」と苦笑した。

「ちょっと、二人で話がしたかったんだよ。多分、天野が聞いたら、目ん玉ひん剝《む》いて怒るからな」

「一体、何ですか？」

何やら剣呑《けんのん》な雰囲気だ。少し身構えると、牛久は思い切ったように言った。

「京香ちゃん、あいつに何を言われても、パンプスのデザインをやってほしいんだ」

「――だって、デザインするもしないも、依頼がないんですよ。それに、デザインだけしたって、靴を作ってくれる人もいないし」

　思わず拗《す》ねたような声が出た。

　雄大ならあるいは協力してくれるかもしれないが、まだ技術的に不安定なところがある。結局、天野の助けがないと、京香のデザインを形にすることはできないのだ。

「そこはほら、俺も少しはこの商店街で顔が利くからさ。これから行く先で、営業してやるよ。それに、世話になってるお客からの依頼だったら、あいつも無下《むげ》にはできないだろ？」

「そうしてもらえたら嬉しいですけど。でも、どうしてそこまでしてくれるんです？」

　牛久は、少し黙ったあとで、ぽつぽつと話しだした。

「そうだな。天野も、全くデザインをしないってわけじゃないんだがな――」

　でも所詮、人から盗まないと、できないんでしょう？

　心の中で皮肉を呟いたけれど、もちろん口には出さない。

「あいつの靴はこう、ものすごく正確だけど、遊びがないだろ？　限りなく機械に近づいた人間が作ってるみたいだっていうかさ」

「ああ、それはわかります」

　表現の仕方は違うが、牛久も京香と同じように感じていたのだ。

「だからさ、デザイナーの息吹みたいなものに触れたら、少しはあいつも触発されるんじゃないかと思ってなあ」

「確かに天野さんって、機械っぽいところがありますよね。髪型も一直線だし、表情もあんまり変わらないし。なんか、ロボットみたい」

「ロボットは、あんなに愛想悪くねえだろ」

牛久が豪快に笑った。京香も釣られてしまう。

天野が他人のデザインに触発されるとは、京香には思えないけれど、とにかくデザインはしたかった。まあ、天野にしたって、メンズだけではなく、レディースの華やかさに触れれば、少しはあの仏頂面も、柔らかくなるかもしれない。

「牛久さんが協力してくれるなら、デザインしたいです」

「よろしく頼むよ」

牛久は、ほっとしたように頷いた。

最初の靴の届け先は、全国的にも有名なレース店の店主だった。顔が利くという牛久の言葉に嘘はなかったらしく、すんなりと、初老の店主からパンプスのデザインを受注してしまったのには、京香も驚いた。

「いやあ、良かった。ちょうど孫娘が就職したばっかりでさあ。履きづらそうな靴で歩いてるのが可哀相だったんだよ」

この調子なら、次に行く花屋でも、すぐに受注できるかもしれない。

一軒目の反応に気を良くした京香は、がぜん、お使いにやる気が出てきた。

「どれどれ？　おお、次はフローリスト中野《なかの》か。商店街の会長さんのところだな」

牛久がうきうきとした声を出す。

フローリスト中野は、京香も出勤途中に店の前を通っているから良く知っている。店の前にはいつも季節の花々が飾ってあり、ミニブーケや観葉植物がガーデン風にディスプレイしてある瀟洒な店構えの花屋だ。

「会長さんは花香《はなか》さんっていうんだが、かなりのお得意さんだし、彼女からパンプスの注文が取れれば、天野も嫌だとは言いづらいだろうな」

京香のデザインした靴を、天野が手縫いで仕上げる――。人柄はともかく、天野の靴職人としての腕は確かだ。うん、行ける。京香としては、申し分がない体制だった。

ハイヒールをかつかつと鳴らしながら仲通りを歩いていく。すると突然、隣を歩いていた牛久が足を止めて、短い首を傾げた。

「さっきから気になってたんだが、商店街が寂しくないか？　物足りないっていうか」

「え？　そうですか？　平日の午後だし、人通りはいつもこのくらいですよ」

京香も辺りを見回してみたが、特に変わったところは感じられない。

「いや、人通りとかじゃなくてなあ。なあんか、おかしいんだよ」

牛久は納得がいかないようで、再び歩き出しながらも、きょろきょろと辺りを見ている。

そうこうしているうちに、花屋の側までやってきてしまった。

と、歩道の前のほうから、見慣れた顔が、二人に向かって手を振っていた。汽笛カフェのオーナー綾乃だった。手を振りながら、駆け寄ってくる。

「牛久さんも一緒なんて珍しいわね。一体どうしたの？」

どうやら牛久は本当に顔が広いらしい。綾乃とも顔馴染みのようだ。

「これから、商店街の会長さんのところに、靴を届けに行くところなんです」

「あら、そうなの。――ねえ、今日は天野さんは忙しいかな？　実は、その商店街の会長さんと一緒に、あとでお店に伺おうと思ってたのよ」

綾乃が、京香に尋ねてきた。

「特別忙しいってことないと思いますけど――」

「なんだ？　花香さんがどうかしたのかよ？」

「――実は、折り入って相談したいことがあって。詳しくは後で話すけど、ちょっとこの商店街で問題が起こってるの。その件で、天野さんに鑑定してほしいことがあるのよ」

わずかに顔を曇らせて、綾乃は言った。

「鑑定⁉」

京香と牛久は、同時に叫んで顔を見合わせた。

「ええ。花香さんが、他でもない天野さんに相談したいって言ってるの。しかも、ちょっと事情が込み入ってるんだけど——鑑定結果は花香さんには知らせずに、私にだけ伝えてほしいのよ」

「何だよ、随分とややこしそうな話じゃないか。もっとこう、はっきり言えねえのかよ」

牛久が頭をがりがりと搔く。複雑な話は苦手らしい。

「ごめんなさい、今はこれ以上言えないの——」

「今から私たち、会長さんのところに靴を届ける予定だったんです。ついでに詳しいお話を聞いちゃいましょうか？」

京香の提案に、綾乃は首を左右に振った。

「それが、ちょっとバタバタしていて、花香さん、お店にはいないのよ。あとでそちらに伺った時にお渡ししたら？」

「——そうですか。わかりました」

少しがっかりして京香は頷いた。コルドニエ・アマノで靴の受け渡しをするとなると、天野の手前、デザインの営業をかけるわけにはいかない。

綾乃は、急いでいたらしく、そのまま慌ただしく去ってしまった。

牛久が眉根を寄せる。

「それにしても、商店街の会長さんまで来るなんて、一体何を鑑定するんだ?」

「ぜんぜん、想像がつかないですね」

牛久は後ろ髪を引かれている様子だったが、この後用事があると言って京香と別れた。

まあ、会長さんからパンプスのオーダーが取れなかったのは残念だけど、少なくともデザインの仕事が一つできたんだよね。

京香は少しだけ軽い足取りで、店へと戻った。


店じまいの三十分ほど前、綾乃が商店街の会長である花香を伴ってやってきた。

「いらっしゃいませ。お待ちしていました」

天野がすぐに立ち上がって出迎える。京香も雄大と一緒に、天野の後につづいた。

「ごめんなさいね、閉店間際に押しかけちゃって」

花香は四十代半ばくらいの女性だった。スリムな体からは潑剌とした雰囲気が感じられ、ショートカットの前髪の下には、オセロの黒石のような丸っこい目が二つ並んでいる。

「京香さんは初めて会うわよね？　こちら、フローリスト中野のオーナーさんで、元町商店街の会長をしている中野花香さんです。私たちはみんな、花香さんって呼んでるの」

「はじめまして、湯浅京香です」

「どうぞよろしくね」

微笑んではいるが、花香の顔には疲れが滲んでいた。

「さ、こちらへどうぞお掛けください」

いつもは雄大や京香に任せるのに、今日は天野自らが率先して応対している。天野には予め、京香から事情を説明してある。どうやら、鑑定という言葉と、結果を綾乃にだけ知らせてほしいという頼みに、かなり興味を引かれたらしかった。

京香は、手早く人数分のコーヒーを用意し、雄大が作ってきてくれた一口チーズケーキも添えてテーブルに運んだ。

皆が着席すると、さっそく花香が口を開く。

「折り入ってご相談したいのは、花泥棒のことなんです」

「花泥棒、ですか？」

天野が珍しくポーカーフェイスを崩し、面食らった顔をした。

「ええ、ここ二日間、商店街に花が飾られていないのにお気づきですか？」

花香の言葉に、京香は思わず「あ！」と小さく叫んだ。

言われてみれば、先ほど牛久と一緒に見た商店街には、いつもきれいに咲いている花壇の花がなかったのだ。おそらく、それが牛久が感じていた違和感の正体だったのだろう。

「一昨日《おととい》の朝に、花壇から花が盗まれて、その時はいたずらだろうって植え直したらしいんだけど、昨日もまたやられちゃったんだって」

綾乃が苦い顔つきをしているのは、コーヒーのせいではないのだろう。

「それで今朝は、取りあえず様子を見ようということになって、そのままにしてあるんです」

天野は黙って聞いていたが、ついに戸惑った様子で口を開いた。

「お話を伺う限り、靴職人の私にはあまりお役に立てないように思うのですが」

「そうですよ。泥棒なんて怖いし、警察に相談したほうが確実じゃないでしょうか」

雄大が怯えたように、両手を重ねて胸に当てた。

「そうなんだけど、いきなり警察だなんて、何だかそれも大げさでしょう？」

花香が眉をひそめる。

「それにね、花壇には犯人のものらしき足跡が残されているの」

綾乃が天野に向かって言った。

「足跡、ですか」

「ええ。割とくっきりね」

「お客様に少しでも気分良くお買い物したりくつろいだりしてもらおうと思って、商店街が安くはない予算で一生懸命維持しているのに、それを盗むなんて。しかも、摘まれちゃったお花たちが可哀相で」

花香の口調に、怒りが滲む。

「だからね、天野さんなら、足跡を見れば、犯人がどんな人なのかわかるんじゃないかって思ったの。急がないと、足跡がなくなっちゃうかもしれないしね」

綾乃の説明で、ようやく京香は、先ほどの鑑定という言葉に納得がいった。よくテレビドラマに出てくるような、警察の鑑識のようなイメージだったのだろう。しかし、鑑定結果を綾乃にだけ伝えてほしいというのは、一体どういうことなのか。綾乃は、花香には結果を知られたくないのだろうか。

おそらくは、そういうことなんだろうけど。でもどうして——？

話を聞き終わると、天野は静かに頷いた。

「なるほど、足跡でしたら、少しはお手伝いできるかもしれません。私で良ければ、協力させていただきます」

花香が、「良かった」と微笑んだ。その隣で、綾乃は少し複雑な顔をして、「ありがとう」と頭を下げたのだった。

さっそく天野は、綾乃と花香に案内されて実際に現場を見に行くことになった。雄大も一緒に行くと張り切っている。

チャンスだ。

「あの、じゃあ私、一人で留守番をしてるよ」

二人がいない間に、例のデッサンノートを探すため、引き出しの鍵を見つけたかったのだ。

しかし、いつも京香を蚊帳《かや》の外に置きたがる天野が珍しく首を振った。

「いいえ、お店に一人残すわけにはいきません。湯浅さんも一緒に来てください」

「なんでよ。いいじゃない別に――」

「良くありません。一緒に来るか、もしくは今日はもう上がってください」

そこまで言われて、ようやく京香ははっと気がついた。

もしかして私、警戒されてる？

昔のことだし、表面上は友人関係をつづけているとはいえ、自分がデザインを盗んだ相手の彼女だ。必要以上に身構えてしまうのが、犯罪者意識というものかもしれない。それどころか、京香がデッサンノートを探していることに気がついている可能性だってある。これはなかなか、雅也の頼みを叶えるのは苦労しそうだった。

——今日のところは諦めるしかないか。

しかし、鍵を探せないのなら、残されているという足跡を見に行きたい。

「じゃあ私も行きます」

慌てて準備をすると、京香も皆と一緒に、店を後にした。

足跡のついた花壇はフローリスト中野の店員が見張っていると、現場へ向かいがてら、花香が教えてくれた。

「犯人は現場に戻るっていうでしょう？　足跡が残っていることに気がついて、消されちゃうと困るものね」

くるくると動く瞳と相まって、まるでテレビシリーズに出てくるミセス探偵のようだ。

「フローリスト中野のはす向かいの花壇に、特に沢山残っているのよ」

綾乃が重い口調で告げる。心なしか、段々元気がなくなっていくようで、京香は少し気になった。雄大も、やはり心配そうに綾乃を見ている。

一行が花壇の前に到着すると、聞いていた通りに店員が一人そばに立っていた。がっちりした体格の男性で、高価な宝石でも守る警備員さながらだ。

「ここです。ほら、たくさん付いてるでしょう？」

花香が悔しそうに訴えながら、花壇のそばにしゃがみ込んだ。天野もすぐに花香の隣から花壇を覗き込む。可愛らしい花々が植えられていたはずの花壇は、めちゃくちゃに踏み荒らされ、花という花が引っこ抜かれてしまったようだった。

「なるほど、見事にやられましたね」

「ええ。きれいに咲いたサルビアを植えたばかりだったのに。でもほら、足跡がけっこうくっきり残っているの」

花香が指さして指摘した箇所には、確かに靴裏の全体像がわかるほどはっきりとした足跡が残されていた。

「花壇には毎日水を遣ってるから、土がすこし湿っていたのが幸いしたみたいなんです」

男性店員が、どこか誇らしげに請け合う。

「でも、足跡がきちんと付いてる箇所と乱れた箇所があるみたい」

雄大が、小首を傾げながら言った。

「土の湿り具合が違ってたのかなあ？」

花香も雄大の隣にしゃがみ込んで首を傾げる。

「それに、微妙に足跡の大きさが違うように見えるけど。ほら、乱れてるほうが、少し大きく感じない？」

京香の言葉に、雄大が頷く。

「ほんとだ。っていうことは、もしかして犯人って二人⁉」

見たところ、足跡は二十七センチから二十八センチくらいのようだ。まずおそらく男性のものだろうということで、京香と雄大の意見は一致した。天野は、一人で考え込んでいる。

京香も、足跡を見て、さらにあれこれと考えてみた。サイズが違うとなると、さっき雄大が言ったように、犯人は二人いるのだろうか。足跡は、乱れているというより、より正確には引きずったように見えるのも気になる。

それに、残された足跡には、特徴的な星の模様がいくつか刻まれていた。この模様を、京香はどこかで見たことがある。

「ねえ、雄大君。この模様、メーカーがすぐにわかりそうじゃない？」

「あ、本当だ。確か、有名なところのですよね」

天野はいつの間に準備していたのか、リュックサックからメジャーを取り出すと、きれいに残っている足跡のサイズを測っている。

「どう？」

尋ねたけれど京香の質問には答えず、天野は細々と測った数字をメモしたり、黙って写真を撮ったりしていた。前髪が邪魔なのか、しきりにかきあげている。やがて全て調べ終えると、すっくと立ち上がった。

「どうですか？　何かわかりました？」

花香が待ちかねたように尋ねると、天野は静かに答えた。

「少し考えたいことがあるので、また改めてお話しさせていただいてもいいですか？」

天野が返事を引き延ばしたのは、鑑定結果を自分だけに伝えてほしいという、綾乃の頼みに配慮してのことだろう。

「――ええ、それはもちろん」

花香は一瞬がっかりしたような顔をしたが、それでも頷いた。

その隣で、綾乃の表情がますます沈んでいくように見えた。

＊

次の日の午前中、珍しく天野は靴作りもせずに、昨日スマホで撮った足跡を見つめていた。

「何かわかったんですか、天野さん」

雄大が尋ねてもだんまりを決めこみ、何も教えてはくれない。

また、もったいぶっちゃってさ。

京香のほうでは、昨日の夜、あの足跡に関して新たな発見があった。足跡に刻まれていたあの星形、あれは、若者を中心に人気のあるスニーカーブランド、カンバースのものだとわかったのだ。インターネットで検索すると、簡単に見つかった。

「ね、ほら、これってやっぱりカンバースのよね？」

雄大にも見せると「うわあ、本当だ。みいちゃん、京香さんが探偵みたい」とはしゃいでいた。この時は天野も、「なるほど、カンバースですか」と反応をしたが、それっきりどうとは言わなかった。

京香も雄大も、あとはお手上げで、特にこれといった進展がない。

天野が、大きく息を吐くと、立ち上がった。

「ちょっと、髪を切りに行ってきます」

少しは伸びたかもしれないが、前髪はやはり、きっちりと眉の上で揃っている。

あんなの、切れって言われる美容師だって迷惑だよ。

無言の呟きが聞こえたわけでもないだろうが、天野がムッとしたような顔で言った。

「雄大君は、何か他に気がついたことはないんですか？　たとえば、どうして綾乃さんは、花香さんに鑑定結果を知られたくないのかとか、どうしてサイズの違う足跡が混在していたのか、とか」

はなから正解なんて期待していなさそうな声だった。雄大は、張り切って答える。

「僕が思うに、やっぱり犯人は二人だと思います。足跡の大きさからして、どちらもすごく背が高い人物である可能性が大きいですね。ね、みいちゃん」

「なるほど」

天野が、短く答えた。完全にバカにしている。そのまま視線を京香のほうにスライドした。

「え？　私も？」

「他に誰がいるんです？」

冷ややかに尋ねられて、カチンとくる。

しかし残念ながら、足跡がカンバースのものだということ以外は、京香にも大したことはわかっていない。仕方なく、無理矢理に頭を働かせながら答えた。

「ええと、カンバースのスニーカーを履いてるってことは、そんなに年齢は高くない気がする。もちろん、絶対とは言えないけど、若者のブランドだし」

「で、その他は？」

鼻を鳴らして尋ねてくる態度が気にくわない。

「ちょっと、何よその態度。自分こそ、気がついたことがあるなら、さっさと言えばいいじゃない。嫌らしいなあ」

抗議をする京香を一瞥すると、天野は店を出ていこうとした。その時ちょうど、扉に手をかけた人物がいる。

「いらっしゃいませ」

人物は、浮かない顔をした綾乃だった。たった一日で、頬が痩《こ》けてしまったように見える。

「綾乃さん、昨日から、具合でも悪いんですか？」

心配そうに尋ねる雄大に、綾乃は、弱々しく微笑んでみせた。

「挨拶もなしで悪いんだけど、鑑定結果を、教えてくれない？」

自分から尋ねているのに答えを聞きたくない、そんな口ぶりだった。

天野は綾乃をちょっとの間見つめると、穏やかに言った。

「取りあえず、座りませんか」

促されると、綾乃はのろのろとテーブルに近づき、昨日と同じ席に腰掛けた。

京香がコーヒーを淹れて運んでくると、場の空気は重かった。何か言って綾乃の気持ちを和ませたかったけれど、結局何も思いつけなくて黙って腰掛ける。

天野が、淡々とした口調で問いかけた。

「間違っていたら申し訳ないのですが、綾乃さんは、花泥棒の犯人に心当たりがあるんじゃないんですか？」

綾乃は一瞬、呼吸を止めたように見えた。そのまま、力なく瞳を伏せる。

「ええ。──実は、そうなの」

「そうだったんですか」

雄大が、目をまん丸にする。

「ごめんなさい。もっと早く言えば良かったんだけど、確信があったわけじゃないし。鑑定結果を聞いてからと思って、敢えて言わなかったのよ」

天野が、さらに尋ねる。

「もしかして警察ではなく、まずは私のところへ来るよう花香さんに勧めたのも、綾乃さんですか？」

綾乃が、辛そうに顔を歪めた。

「何もかも、お見通しなのね」

「いいえ、僕にわかるのは、靴が教えてくれることだけです。その他の事情は、何もわかりません。だから、鑑定結果をお知らせする前に、よかったら黙っていたことを話していただけませんか？」

綾乃は、しばらく迷っているようだった。天野は、急かすわけでもなく、コーヒーを飲みながら、何か自分だけの考えにふけっているようだ。京香は、雄大と視線を合わせた。

――一体、綾乃さんは誰を犯人だと思っているのだろう？

「わかった。今から、私の知っていることを話すわ」

ついに綾乃が覚悟を決めたのか、顔を上げて、静かに語り出した。

「私、仕事柄、帰りは遅くなることもあるでしょう？　この間、ちょうど花が盗まれた日も、午前四時くらいに店を出たの」

綾乃がオーナーを務める汽笛カフェは、夜になるとバータイムになる。確か店は深夜一時閉店になっていたはずだ。店の清掃だけではなく、細かな事務処理に追われる月末の締めの時期などは、かなり夜が深くなるまで店で残業をしているのだという。

「そしたらね、見ちゃったのよ。怪しい人物を」

まだ電車が動きだすまで間があった。大通りに出てタクシーを拾おうと仲通りを歩いていると、道端にしゃがみ込んで両腕いっぱいに何かを抱えている人物が、シルエットになってぼんやりと街灯の下に浮かんでいた。

「男の子だったと思う。彼の抱えていたものが花だってわかったのは、彼が私に気がついて走り去っちゃった後なんだけど」

他に人通りはなかった。綾乃の姿に気がつくと、森の動物が人の気配に気がついた時のように、人物はだっと駆けだし、あっという間に姿を消してしまった。

「明け方近くでさすがに頭がぼうっとしていたし、その瞬間は特に気にも掛けなかったんだけど。ほら、道端で吐いてる子とかも、あの時間だといそうだし」

「確かに。たまに踏みそうになってきゃってなることありますもんね」

雄大が、肩を竦《すく》めた。

元町自体には少ないが、中華街や馬車道など、近くには居酒屋の集まる繁華街も多い。京香が綾乃の立場でも、吐いていた酔っ払いが逃げたのかな、ぐらいに考えただろう。

しかし実際には、違った。

近づいてみると、花壇の脇には無残に引き抜かれた花々が散らばり、荒らされた花壇には、例の足跡が残されていた。そして、犯人が残していったものは、それだけではなかった。辺りには、明らかに花のものではない香水の匂いが漂っていたのだ。

「ほら、良くコンビニなんかで買える、男の子用のオードトワレのスプレーとかあるでしょう。間違いなく、あの香りだった。海外のブランドで、けっこう香りがキツめだから知ってるの。——つい最近、よく知ってる男の子もつけていたし」

最後の言葉に、ためらいが感じられる。

「では、そのよく知っている少年が犯人だと思っているんですね」

天野を見つめる綾乃の瞳が、迷うように揺れた。

「私にできることは、ご協力します」

天野の一言に、ついに綾乃が弱々しく頷く。

「彼は——その少年は、おそらく花香さんの息子さんの、拓斗《たくと》君だと思う」

「やだ、そんなの。だって、ひどいじゃないですか」

雄大が、耐えられないというように首を左右に振った。

天真爛漫《てんしんらんまん》な雄大のことだ。この世界には、憎しみを抱えた親子関係があるのだということを、想像もしないのだろう。

どうしても、親を許せない何かがあるのかな——。

そんなことを考えて、京香の胸のある箇所が、鈍く痛んだ。

「まず間違いはないと思う。カフェにも友達同士でよく来てくれるし、髪型の感じとか、あのスプレーの香りとか、逃げていく時の全体の後ろ姿で何となく——」

「なるほど」

綾乃の打ち明け話にも、天野は動じた様子はなかった。

「それで相談なんだけど、拓斗君と直接話して、どうにか犯人だって認めさせられないかしら。もちろん、花香さんには内緒で」

綾乃の無理難題に、京香は思わず唸った。

「でもそんなの、どうやって——？」

とまどう京香の隣で、雄大が、「あ、そうか！」と手を打ち、きのこ頭を揺らす。

「拓斗君に犯人だって認めさせて、その上でもう二度とやらないように説得できさえすれば——」

雄大の言葉に、綾乃が頷く。

「そう。たぶん、この件はそれでお終《しま》いにできると思うの。花香さんも、事を荒立てたくないから天野さんに頼んだんだし。花が盗まれさえしなければ、それで満足なはずなのよ」

「ねえ、天野さん。足跡のこと、何かわかってるんですよね？　綾乃さんを助けてあげてくださいよ」

雄大が、天野に頼み込む。

しかし京香は、綾乃の考えに全面的には同意できなかった。確かに、その説得がうまくいけば、もう事件は起こらないかもしれない。花香が自分の息子が犯人だったと知って、傷つくこともないだろう。

だが、本当にそれでいいのだろうか。何もなかったことにしてしまった先に、もっと大きな代償が待ち受けてはいないかと心配するのは、悲観的すぎるだろうか。

黙ってはいたが、京香の考えは顔に出てしまったのかもしれない。綾乃が言い訳するような口調になった。

「花香さん、拓斗君のことが大好きなの。自慢の息子さんで、いつも拓斗君のことを嬉しそうに話してて。それに、拓斗君だって、こんなことを嫌がらせでするような子じゃないわ。きっと何か事情があるはずなのよ。だから――お願いします！」

綾乃に頭まで下げられると、もはや京香にも何も言えなかった。天野のほうをこっそりと盗み見る。

「綾乃さんはさっき、拓斗君は走り去ったっておっしゃいましたよね、その場から」

天野の突然の問いに、戸惑ったように綾乃が頷く。

「ええ。あっという間に」

その答えを聞いて、天野は、ほんの微かに口角を上げて見せた。

「では、おそらく拓斗君は犯人ではないと思います」

ぽかんとする綾乃の目の前で、天野は涼しい顔でコーヒーを一口飲む。

「とはいえ、走り去った人物が拓斗君だとすると、何かしらの事情は知っているかもしれません。一度、話をする場を設けてくださいませんか」

綾乃は、まだ疑い半分のような顔で、おずおずと頷いた。

その夜、家に帰ると、京香は玲子といっしょにお祝いのワインを開けた。何でも、玲子に辛くあたっていたお局《つぼね》社員が転勤になったそうで、かなり晴れやかな顔をしている。

「あ〜、人生薔薇色《ばらいろ》ってこのこと！　過去と他人は変えられないっていうから、こっちが折れるしかなくて大変だったんだよねえ」

今まで京香がコルドニエ・アマノの愚痴を言うことはあっても、玲子が会社の愚痴や弱音を吐き出すことはなかった。妹のすっきりとした顔を見て、申し訳ない気持ちになる。

「ごめん、いつも私の話ばっかり聞かせてたから。けっこう会社で大変だったんだね」

「あ、ううん。こう見えても要領いいし、先輩転がしもうまいから、他の人に比べたら全然うまくやれてるほうなんだけどね」

玲子が幸せそうに、赤ワインのグラスを口に運ぶ。

「あ、じゃあさ、私にも何かお祝いをさせてよ。そうだ、パンプス、作ってあげようか？」

「いいよお。だって、お店の仕事忙しいんでしょ？　それに、お姉ちゃんはデザインしかできないのに、誰が作るの」

そうだった。まさに、それが問題だったのだ。

「でも、一足ぐらいなら、雅也のツテで、いい職人さんを探せるかも。ちょうど職人さんの豊富な神戸にいるし」

「ほんとに？」

遠慮がちに上目遣いをしてきたが、玲子は嬉しそうな顔をしている。考えてみれば、今までたくさんデザインをしてきたのに、玲子のためのパンプスは、一度も作ったことがなかった。誰か特定の人物のために、というよりは、インスピレーションの赴くままに、ひたすら格好いいパンプスをデザインしてきたからだ。

でも、こんなに他愛なく喜んでくれるなら、もっと早くに作ってあげればよかった。

改めて玲子の顔を見つめると、いかにもしっかり者といった表情の隙間から、ふいに幼さが覗いているような気がした。

二人きりの姉妹だもの。心配をかけるばかりじゃなくて、ちゃんと気に掛けてあげなくちゃ。これでも一応、姉なんだしね。

「明日にでもお店に顔を出してよ」

「嬉しい！　じゃあ、明日の会社帰りに行くね。わあ、お姉ちゃんのお店の人たちに一度会いたかったんだよねえ」

別に会ったからといって縁起のいい相手でもないが、あとしばらくは付き合いもつづく。

一度くらい妹を引き合わせておくのも、悪くないかもしれない。

「じゃあ、明日お店に来たら二人を紹介するよ。──天野さんの無愛想さに驚かないでね。雅也からデザイン盗んだ奴だし、別に紹介したくもないけど」

「そこまで言われると、逆に楽しみだよ」

玲子が苦笑する。

京香は、二人でパスタをつつきながら、店に舞い込んできた足跡の鑑定依頼について、かいつまんで話して聞かせた。玲子が、段々と目を輝かせはじめる。

「なんか面白いねえ。でも、どうして天野さんは、その拓斗君って子が犯人じゃないってわかったんだろう？」

「さあ。拓斗君と話してみるまではって、いくら聞いても教えてくれなかったんだよねえ。自分で靴の声を聞いてください、とか何とか、とり澄ました顔しちゃってさ」

「へえ。足跡に何か変わったことでもあったのかなあ？」

「きっちり付いてる足跡と、乱れた足跡が混在していたってことしか、私にはわからなかったけど」

「ふうん。それだけで、天野さんには、拓斗君が犯人じゃないってわかったんだ。なんかすごい人だね」

玲子が素直に感心した。

まあ、確かにすごい奴なのかもしれないが、未だに京香を雑用でこき使うばかりで、デザインの仕事を積極的に回してくれる気配はない。牛久もあれから忙しいらしく、レース店の店主から受けた依頼も、天野に話を通していないまま、時間が過ぎてしまっていた。

「ねえ、あんな奴のことよりさ、どんなパンプスがいいか、考えておいてよね」

「うん！　ありがと、お姉ちゃん」

玲子が再び無邪気に微笑んだ。多少酔いが回ったのか、頬が赤い。

「他のお店で買えるものじゃなくて、私にしかデザインできないっていう靴にするからね」

テーブルのへりに顎《あご》を載せて、京香は呟いた。そんな京香を見て、玲子が呟く。

「――お姉ちゃん。まだ、気にしてるの？」

酔うとたびたび同じような発言を繰り返す京香に、玲子はいつも気を揉んでいるらしい。

でも、心配ないのに。心配しなくちゃいけないのは、天野の作る靴のように、京香のデザインから個性が失われた時だ。そうしたら、京香は潰されてしまうから。

「大丈夫。私はまだ、全然大丈夫だから」

安心させるように微笑んでみせると、玲子は余計に顔をしかめた。

「雅也さんがそばにいてくれる人だったらなあ。東京に、帰ってきてるんでしょう？」

「え？　ううん、今日も神戸で忙しくしてるみたいだよ」

京香が答えると、玲子は「あれ、そうなのお？」と首を傾げた。酔うと口調が怪しくなるのは、二人でビールをこっそり開けて飲んでみた高校生の頃と変わっていない。

雅也とは、ゴールデンウィークに久しぶりに恋人らしい時間を過ごした。相変わらず仕事に追われていて、たった一日の神戸滞在だったけれど、それでも京香は幸せだった。

やたらと天野や店のことばかり聞きたがるのには、閉口したけど――。やっぱり昔の因縁もあって、色々と気になるのかな？

まあとにかく、今日もあとで、電話してみよう。

京香が雅也の端整な横顔を思い出してにやにやとすれば、玲子もへらへらと笑う。

「桜木町で雅也さんのことを見たと思ったんだけどなあ」

「またあ、見間違えたんでしょ」

夕食の片付けが済んだあと、さっそく雅也に連絡をしてみた。スリーコールで低い声が応じる。

『もしもし？　京香か？』

いつになく上機嫌のようだ。ただし、外にいるのか雑音でかなり声が聞き取りづらかった。オルゴールのような大きな音が耳に飛び込んでくる。

「ごめん。今、移動中か何か？」

『大丈夫だよ。どうした？』

「ううん、別に用事ってわけじゃないんだけど、少し声が聞きたくなって」

『そうか。で、どう？　天野とはうまくやってる？』

「うん、まあ、そこそこね。革職人さんに協力してもらって、今度、無理矢理デザインの仕事を受注したんだ」

『へえ。それって、女性もののパンプス？』

オルゴールの音に負けそうになりながらも、雅也の声が届く。

「もちろんそうに決まってるじゃない」

『天野は、デザインには関わらないのか？』

「まさか。相変わらず、決まった型の紳士靴しか作ってないよ」

『そうか。──か、──てくれよ。じゃあ』

電波が弱まったのか、雅也の声が掠《かす》れる。このまま通話を終えるつもりらしい。京香も、じゃあ、と言って電話を切ろうとした。その直前、ふいに玲子との会話を思い出して、尋ねてみた。

「あ、そういえば雅也さ、今も神戸にいるよね？」

『――え？　ああ、そうだよ。どうした？』

突然、音声がクリアになった。そのせいで、雅也のためらいまで聞こえたと思ったのは気のせいだろうか。

「ううん、何でもない」

玲子が見かけたって言ってたから。でもそんなわけないよね。

笑ってそうつづけようとしたのに、できなかった。嫌な予感が、じわじわと胸の中に広がっていく。

『じゃあ、もう切らないと』

「――うん。おやすみ」

気がつけば、声が聞けたのに、聞く前よりも寂しくなっていた。

どうしたんだろう。どうしてこんなに、気分がふさがっていくんだろう。

問いに答える自分の声が、暗い心の奥底から浮かび上がってくる。

――雅也は、嘘をついている。

妙な確信があった。そしてその確信の根拠は、スマホをベッドに放り投げた瞬間、ひらめきのように頭に浮かんできた。

スマホ越しに聞こえつづけていたオルゴールのような音。あれは、有楽町の駅前にある仕掛け時計のものではないだろうか。

時間を確認すると、ちょうど夜の十時を回ったところだった。

雅也とよく使っていた待ち合わせ場所だ。あの音を聞き間違えるはずはなかった。

＊

翌日の午前中、京香は、靴のクリーニングを無心で続けていた。

「みいちゃん、京香さんが、少し様子がおかしいみたいなんだけど」

こそこそと話す声が聞こえるが、相手にする気力はない。

遠巻きに京香を見守る雄大とは対照的に、天野はいつもと変わらず雑用を押しつけてくる。

「クリーニングの後は、窓のサッシをきれいにしてください。埃がたまっています。それが済んだらお弁当の買い出し。昼食のあとは、牛久さんのところにオーダーしていた革を取りに行ってもらいます」

「わかりました」

口数少なく答えると、天野はかすかに片眉を上げ、「ふん」と鼻を鳴らした。

クリーニングを終え、床掃除をしていると、珍しく若い女性客が一人訪れた。素晴らしく脚が長い。ヒールの高い靴が、よく似合いそうだった。

雄大が、掃除中の京香を気遣ってか、応対に出てくれた。

「パンプスを、デザインから作ってほしいんですけど」

夢のような依頼内容が、耳に飛び込んできた。それなのに京香は、無反応だった。

雅也が、嘘をついた。

心の中は、そのことでいっぱいになっている。夜の十時に、二人の使っていた待ち合わせ場所で、誰と会うところだったの？

「生憎《あいにく》ただ今、注文が混み合っておりまして、残念ながらお受けできそうにありません」

天野が、素っ気なく依頼を断っているのに、京香はただひたすら、箒を左右に動かしている。

雄大が、そばに来て慌てたように囁《ささや》いた。

「京香さん、いいんですか？　デザインの仕事ですよ」

「――え？」

のろのろと雄大に顔を向けると、「あ、いえ、何でもないです」と、首を振った。丸い目が心配そうに京香を見つめているが、再び床に視線を落とす。

女性客ががっかりした様子で帰り、やがてお昼時がやってきた。

　綾乃から連絡が入ったのは、みんなでお弁当を食べ終わる頃だった。

「花泥棒のことで聞きたいことがあるんだけどって拓斗君に連絡したら、汽笛カフェまで来てくれるっていうの。しかも拓斗君、自分がやったって言ってて——。みんなも、夜の七時に来られるかしら？」

　連絡を受けた天野は、食後のコーヒーもそこそこに、立ち上がった。

「すみません、もう少し足跡について調べたいことがあるので、外出してきます。湯浅さん、サボらないでくださいね」

　言い残すと、慌ただしく店を出ていく。あとには、京香と雄大だけが残された。

「拓斗君が犯人だって名乗りをあげたなんて、一体、どういうことなんでしょう。天野さんは、違うって言い切ってたのに」

「——さあ」

　もう、花泥棒のことなんてどうでもよかった。生返事を繰り返していると、ついに雄大が音を上げた。

「ねえ、京香さん、一体どうしちゃったんです」

「——別に、何も」

　顔を上げずに答えると、雄大が小さくため息をついた。

「あの、今日は僕が京香さんの代わりに、牛久さんのところに行きます。今からなら、七時までに戻って来られるし」

「――え？　いいの？」

「そんな様子で鎌倉のアトリエまで行ったら、事故に遭っちゃいますって。その代わり、僕が京香さんをお店に一人で残したことは内緒ですよ？」

雄大が、京香を気遣うように振り返りながら、店を出ていった。

鍵を探すなら、今って、絶好のチャンスだよね？

そう思うのに、体が動こうとしない。雅也は自分を裏切っているかもしれないのだ。そんな雅也のために、ノートを探す力が湧いてこない。

しんと静まり返った店の中で、時間の感覚もあやふやになっていく。それでも、気がつくと、どうやら夕暮れが大分濃くなっていた。

――そうだ、玲子！

妹を店に呼んだことまですっかり忘れていて、慌ててメールを打とうとすると、すでに店の扉の向こうに玲子が立っていた。

「ごめん、玲子。今日はちょっと、店がごたごたしてて」

帰るように頼むと、玲子は意外にも首を振った。

「心配だから、一緒に帰ろう。落ち着くまで、どこかで待っててもいいし」

おそらく、朝から様子のおかしかった京香を心配しているのだろう。

玲子と二人で店にいると、しばらくして革を抱えた雄大が戻ってきた。つづいて天野が、真新しいカンバースのスニーカーを抱えてやってくる。

「あ、天野さん、この方は京香さんの妹さんで――」

「すみません、今ちょっと時間がないので」

ろくすっぽ挨拶もせずに作業台に座ると、天野はカンバースのスニーカーと、スマホに撮った足跡の写真を交互に眺め始めた。

「確かに、ちょっとエキセントリックな人だね」

玲子が小声で京香に囁く。

天野が、ぶつぶつと呟きだした。例のものすごい集中力を発揮して、靴の声を聞いているに違いなかった。いや、この場合、足跡の声を聞いているのだろうか。

「……平らな靴底……カンバース……二種類の足跡……」

やがて顔を上げると、天野が静かに宣言した。

「靴の声が、聞こえました」

そんなわけで、なんとなく玲子まで含めて、汽笛カフェに集合することになってしまったのだった。

一同は、汽笛カフェの席に座っていた。ただし、拓斗の母親である花香はいない。

席について十分ほどしたところで、天野が口を開いた。

「あの少年が、拓斗君のようですね」

入り口に目をやると、白い半袖シャツにチェックのズボンを穿《は》いた少年が立っている。この辺りでよく見かける制服だ。綾乃に付き添われて、すぐに席までやってくると、よく日に焼けた、引き締まった体つきをしているのがわかった。きっちりと閉じられた口元には、少年らしい一途な頑固さが見え隠れしている。

「はじめまして。中野拓斗です」

拓斗がはきはきと挨拶をして、頭を下げた。体育会系の部活で鍛えられたのだろうか。なかなか爽やかな態度だった。大きなスポーツバッグには、横浜湊中学サッカー部とプリントされている。その拓斗から、ふわりと濃い香りが漂ってきた。

これが、綾乃さんの言っていたオードトワレか。

「ここに座ってくれる？」

綾乃が促すと、拓斗が素直に頷いて、空いている席に腰掛けた。つづいて綾乃も隣に座る。

拓斗が飲み物をオーダーし終わると、さっそく天野が尋ねた。

「拓斗君にいくつか質問があるのですが、いいですか？」

答えるかわりに、拓斗がテーブルに座った大人たちをぐるりと見回す。

「はい。でもその前に、僕からきちんとお話ししたいんです」

「拓斗君――」綾乃が狼狽《うろた》える。

拓斗は余裕がないのか、皆の返事を聞く前に一気に話しだした。

「さっき、綾乃さんにも電話で言ったんですけど、花を盗んだのは、僕です。すみませんでした。これから、母にもきちんとそう話します」

誰も、何も言わない。

天野は、静かに拓斗を見つめていた。拓斗が、ぐっと口角を下げる。

昨日の夜、天野は、あれほど確信に満ちた様子で、拓斗は犯人ではないと言い切ったのだ。

それなのに、当の拓斗は、自分がやったと主張している。

「本当に、拓斗君がやったの？」

尋ねる綾乃の声は震えていた。

「――はい。商店街のみなさんでお金を出し合って植えている花だったのに、すみませんでした」

もう一度、拓斗が頭を下げた。天野は、感情の読めない表情で告げる。

「そうですか。わかりました。でも、拓斗君のお友達は、拓斗君がやったと知ったら、どう思うでしょうね？」

俯いている拓斗の顔が、ゆっくりと耳の先まで赤くなっていくのがわかった。そのまま、いつまでも顔を上げようとはしない。

「拓斗君――？」

綾乃が声を掛けると、拓斗はようやく、振り絞るように答えた。

「やったのは僕です」

綾乃が泣きそうな顔で、拓斗と天野を交互に見つめる。

「都合の悪いことに蓋をすることは簡単です。でも、その蓋の中のものは、なくなりはしませんよ。むしろ、もっと悪くなる可能性だってある」

拓斗が、はっと顔を上げる。堪《こら》えきれなくなったように唇が歪み、それでもすぐ元のように、頑なに引き結ばれた。

「とにかく、僕が悪いんです。僕がやりました」

「では、もう少しはっきりと言います。あなたの義足のお友達は、あなたが自分をかばっていると知ったら、どう感じるでしょうね」

拓斗の顔が、一瞬で強《こわ》ばった。同時に、天野がカフェの入り口に視線を向ける。

先ほど拓斗が立っていたのとほとんど同じ場所に、花香と、もう一人、京香の知らない小柄な少年が、拓斗と同じ制服姿で立っていた。

「悠真《ゆうま》！」

拓斗が席から腰を浮かせた。慌てて駆け寄っていこうとするのを、悠真と呼ばれた少年が手で制している。ばつのわるそうな顔で、悠真はゆっくりと近づいてきた。右足を怪我したのか僅かに引きずっており、細身の体がほんの少し上下した。その後を、花香がついてくる。

「どういうことですか、綾乃さん。悠真と母さんまで、ここに呼んだんですか？」

拓斗が、綾乃を責めるように呻《うめ》いた。

「いいえ、私は——」

「二人にお声がけしたのは、私です。綾乃さんは何も知りません」

天野が立ち上がって、花香と悠真を迎え入れた。

「拓斗、私が天野さんからご連絡をいただいて、あなたの友達のことについて聞かれたの。それで——悠真君をお連れしたのよ」

悠真のほうは、決まりの悪そうな顔で拓斗を見下ろすと、「ごめん」と小さな声で呟いた。拓斗の目の縁が、うっすらと赤く見えるのは照明の加減だろうか。

悠真が席に座ろうとすると、拓斗が手助けしようと慌てて立ち上がる。差し出された拓斗の手を、悠真がきっぱりと拒絶した。

「いいんだ。大丈夫だから」

不器用に、それでもきちんと椅子に腰掛けると、天野も、俯きがちなままの拓斗も、再び席についた。拓斗の隣に、花香も腰掛ける。

すっと息を吸って、再び天野が話しだした。

「さて、綾乃さんにも、他の誰にも知らせずに、悠真君と花香さんをこの場所に呼び出したのは私です。驚かせてしまったなら、申し訳ありませんでした。本当は、最初に拓斗君に事情を伺いたかったのですが、犯人だと名乗り出たと綾乃さんから聞いて、ゆっくりしていられなくなってしまいました」

二人の少年の表情は、硬い。

「花壇に足跡が残っていましたよね。あの足跡からして、犯人は拓斗君ではあり得なかったんです」

「どういう、ことなの？」

綾乃が戸惑ったように尋ねる。

「警察の鑑識課の中に、足跡係と呼ばれるプロがいるのをご存じですか？　彼らは犯人の足跡を採取して、そこから色々な手がかりを知ることができます。私も靴職人のはしくれです。少しは足跡の声が聞けました」

水を一口含むと、天野が話をつづけた。

「とはいえ、高度な解析機器があるわけじゃない。ごくシンプルなヒントから、足跡の主のことを推定したんです。そしてそのヒントは、ここにいる雄大君と湯浅さんがくれました」

ふいに名前を呼ばれた京香はあわてて顔を上げた。例によって、雅也のことを考えてぼんやりとしていたのだ。

「まず、大きなヒントだったのは、サイズ違いの足跡が存在していることでした。一瞬、二人の人物の足跡が混在しているのかと思ったのですが――」

言いながら、天野が拓斗と悠真を交互に見つめる。二人とも目を合わせようとしない。

「どうやら違うようでした。よく見てみると、大きい足跡はすべて右足のものだとわかった。逆に小さいほうの足跡はすべて左足のものです。このことから、足跡の主は、左右でサイズ違いの靴を履いていると考えられました」

「それで一見、二人分の足跡に見えたんだ。なるほど」

天野は両手を合わせた雄大に、頷いてみせた。

「二つ目にひっかかったのは、きちんとした足跡と、乱れたような足跡が混在していたことです。このことから最初は、足に怪我をした人物の仕業かとも考えましたが――」

天野は、静かに、けれど切り込むように悠真に尋ねた。

「カンバースのスニーカーは、義足の方に、とても人気があるそうですね」

悠真が、ゆっくりと視線を天野に向ける。

「ええ、踵に高低差が少しでもあると歩きづらいので。カンバースのスニーカーは、ソールがすごくフラットなんです」

ここまで聞いて、さすがにぼんやりとしていた京香でも気がついた。悠真が足を引きずっているように見えたのは、怪我などではなく、義足のせいなのだ。

「あの足跡は、僕のものです。右足が義足で、少し左足より大きいから、それでサイズ違いのスニーカーを履いてるんです」

「悠真！」

懇願するように、拓斗が友の名を呼んだ。

「いいんだ。庇《かば》うなんて、おかしいよ。拓斗は、何も悪くないだろ？」

悠真の声には、諦めと同時に、いらだちが滲んでいた。

「でも俺がもし――」

なおも言い募ろうとする拓斗を、悠真が乱暴に遮る。

「関係ないって言ってるだろ！　たまらないんだ、お前のそういう顔」

悠真が拓斗から目を背ける。拓斗の顔が歪んだ。

一体、この二人に何があったのだろう。

「拓斗君は、悠真君を庇いたくて、花を盗んだのは自分だと名乗り出たんですね」

天野が問いかけると、今度こそ観念したのか、拓斗は首を縦に振った。

「でも、どうして拓斗君は、悠真君が犯人だってわかったんですか？」

雄大が、素朴な口調で尋ねた。

「俺、心配だったから。悠真が怪我をしてからずっと——嫌な言い方かもしれないけど、家に帰るまで、その、見守って後をつけてたんです」

「知ってた。でもまさか、花を引っこ抜いた時まで見張ってたなんてな」

悠真が、諦めたように笑う。

「だって、いつまでたっても家に帰らないし。万が一の時は俺、ぜったいに助けようって思って」

「何だよ、万が一の時って。まさかお前、俺が自殺するとか、そんな心配してたのかよ」

悠真が驚くと、拓斗が再び、気まずそうに目を逸らした。

「悠真が怪我をしたのは、俺のせいなんです。俺、部活でロードワークに出た時、ちょっとサボってアイス食ってて。そこに悠真が通りかかったんです。アイスに当たりが出て、俺、悠真にあげたんだ。この当たり棒をやるから、サボってたの内緒なって」

「ぜんぜん、拓斗のせいじゃないんです」

慌てて、悠真が花香に向かって否定してみせた。

「俺、喜んで当たり棒を引き替えに行っただけなんです。別に急ぐ必要なんてなかったのに赤信号を渡って、急に曲がってきた車に撥《は》ねられちゃって、それで右足を――」

話を聞きながら、悠真よりも拓斗のほうが、痛々しい表情をしていた。

俺がもし、あの時、サボってなかったら。俺がもし、あの時、アイス棒を渡していなかったら。そう際限なく考えてしまう気持ちは、京香には痛いほどわかった。

自分がもし、もう少し学校から早く帰っていれば。もし、もう少し両親の話を聞いていれば――。久しぶりに、京香の中の、子供の声が甦《よみがえ》ってくる。

「でも、どうして花を盗んだの？」

綾乃が遠慮しながらも尋ねた。

少し考えをまとめるような顔をしたあと、悠真が答えた。

「俺、車に撥ね飛ばされた時、花壇の中に倒れ込んだんです。その時に見えた花が、盗んだ花と同じやつで。俺、リハビリ中にずいぶん割り切ったつもりだったんだけど。足のこととか、もうサッカーできないこととか。でも、一年経って、同じ花がなんにも変わらずに咲いてるのを見たら、なんかぐわって、一気にこみ上げてきて」

花を目の前から消し去ってしまいたかった。そうすれば、事故なんてなかったことになる気がした。でも、現実は、何も変わらなかった。ただ、目の前から花が消えただけ。

「子供っぽいことして、すみませんでした」

誰も、何も言わなかった。悠真にかけてやる言葉が、見つからない。

それでも、沈黙を破ったのは、天野だった。

「悪いことをしたら、部活ではどんな罰があるんですか？」

「それは、校庭走らされたり、草取りさせられたり――」

拓斗がとまどったように答える。

「では、拓斗君は、嘘をついた罰として校庭を走り、悠真君は、元町の花壇の雑草を抜くというのはどうでしょう」

「でも、俺はともかく悠真は――」

「いや、いいんだ。俺、雑草取りでもなんでもします」

「どうですか、花香さん」

天野が、花香に問いかけた。

「ええ、ええ。私はもう、真相がわかれば――」

　先ほどの厳しい口調を少し和らげて、天野がつづけた。その瞳は、まっすぐに二人の少年を見つめている。

「残酷ですが、辛さをすっきりと取り去る魔法はないんです。その代わり、失った分だけ、何か別のものを得ることができるのかもしれない。それまで、人と違う場所から、人と違う景色を見て生きるしかないのではないでしょうか」

「――ほんとに、何か別のものが手に入るんですか?」

　縋《すが》るように、挑むように、悠真が問いかける。

「わかりません。私も自問しながら、日々を生きています」

　かすかに苦悩の滲んだその声に、京香は少し驚いて天野を見た。

　天野もまた、大切な何かを、失ったことがあるのだろうか。それともみんな、何かを失いつづけながら、生きていくのだろうか。

　天野の答えに、悠真の顔が翳る。

　未来は明るい、これからの景色は美しい。そんなふうに、誰かが強く肯定してくれたら、楽になれるかもしれないのに。

　ややためらった後で、再び天野が言った。

「ただ、自分の中で、何があっても決して失わないものがある、とは思っています。それは、これからの悠真君を支えてくれるかもしれません」

「失わないもの？」

「はい、悠真君の中にもあるんじゃないでしょうか。例えば、サッカーが好きだという気持ちであるとか」

「それはだって、足が――」

「義足や、もしくは片足のままスポーツをつづけている人は沢山います。それに、義足のための靴作りなら、私もお手伝いできると思いますよ」

「天野さん――」

「その気になったら、いつでも、お店に来てください」

悠真は、天野の言葉には返事をしなかった。それでも、まだ幼さの残る目に微かな光が射したのを、京香は確かに見た気がした。

皆で汽笛カフェを出て、元町の駅から電車に乗った。全員、横浜駅で乗り換えだ。

京香は黙って、雅也のことを考えていた。先ほどの天野の言葉が脳裏に甦る。

――都合の悪いことに蓋をすることは簡単です。でも、その蓋の中のものは、なくなりはしませんよ。むしろ、もっと悪くなる可能性だってある。

心臓の音がスピードを増す。知らないふりをしても、雅也が嘘をついたという事実は変わらないのだ。

今夜このまま、雅也の家に行ってみようか。

昨日、雅也は、誰とあの場所で待ち合わせをしていたのだろう。その問いを、これ以上抱えつづけることに耐えきれなかった。

電車が、横浜駅についた。降りずに乗っていけば、大倉山にある雅也のマンションまで行ける。衝動的に、車両を降りようとしている玲子の腕を引いた。

「私、ちょっと出かけてくる」

「これから？」

玲子が、降りる人の波に逆らいながら、ちらりと腕時計を確かめた。

「うん。ちゃんと電車で戻るから」

雅也のマンションまでほんの数駅だから、十分に終電までに戻ってこられる距離だ。万が一の時は、タクシーを捕まえればいい。

「わかった」

心配そうな顔のまま、玲子が皆と電車を降りた。やはり、雅也のことで何かあったのだと察しているのだろう。

ゆっくりと速度を上げていく車両の窓の向こうから、こちらを暗い瞳で見つめている天野と目が合った。それとも京香がこんな気分だから、そう見えるだけだろうか。

玲子も、天野も、すぐに窓の端へと消え去っていく。

私は、どこへ向かおうとしているんだろう。

わからないままつり革に摑まって、京香は必死に立っていた。

SHOES 3

メッセージ・シューズ

オーブンから、甘さの中にほんのりと苦みの混じった、濃厚な香りが漂ってきた。

うふふ、今日のパウンドケーキは大成功みたい。

朝の六時。雄大の一日は、趣味のお菓子づくりから始まる。

毎朝欠かさないフルーツとヨーグルトのスムージーを飲み終わると、パウンドケーキをオーブンから取り出した。

うん、完璧。あとで牛久さんにも写真を送ろうっと。

予想以上に上手く仕上がったパウンドケーキの粗熱を取るため、キッチンで少し冷ましておく。その間に出勤の準備を済ませたが、まだ時間に余裕があった。

ソファで一息つくと、飾り棚に置かれたビスポークシューズが目に入る。靴職人だった祖父が贈ってくれた紳士靴で、天野も驚いたほどの見事な手縫いが施された逸品だ。履いているうちに靴底がかなり傷んでしまったのだが、修理せずにそのままになっている。

まだ、祖父のようには、美しい靴底を再生できない。

いつか雄大が、天野も認めてくれるような一人前の靴職人になったら、靴底を張り替えて、履き継いでいこうと思っているのだ。

「早く直してあげられるように、僕、今日も頑張って修業してくるからね」

靴に話し掛けると、無言で微笑んでくれたような気がした。

どんな靴も、物語を持っている。雄大にも、そのことはちゃんと分かる。残念なことに、まだ天野ほどには、はっきりと読み取ることはできないのだけれど。


「おはようございます」

「雄大君、今日も早いですね。おはようございます」

店の掃除をしていると、天野がコーヒーを片手に出勤してきた。

「湯浅さんがインフルエンザのせいで、忙しくさせてしまってすみません」

「あ、いいえ。僕は全然大丈夫です。それより京香さん、こんな時期にインフルエンザなんて大丈夫なんでしょうか？」

「さあ。梅雨前にインフルエンザが流行るなんて、聞いたことがないですけどね」

完全に仮病だと疑っている。

京香と最後に別れたのは、花泥棒の事件が解決した夜だ。あの日、京香は朝から物思いに沈んでいるようで、ずっと様子がおかしかった。

「京香さん、早く出てきてくれるといいね、みいちゃん」

　みいちゃんが、こちらを見て泣き顔をこらえている。バーディー人形のみいちゃんは、小学校の頃からの親友だ。雄大の気持ちを、何でもわかってくれている。

「京香さん、もしかして、彼と何かあったのかなあ？」

　作業台に向かっていた天野の肩がぴくりと動いた。しかし、「さあ」と素っ気ない声が返ってきただけだ。

　いつも無表情で、本当に有機生物なのかと疑いたくなるほど無機質な雰囲気を漂わせている天野だが、実は靴作りへの熱い気持ちと、靴を履く人への細やかな優しさを内に秘めている。そのことを、雄大はこの二年間の付き合いで、よくわかっていた。

　ところが、京香に対しては、天野は初めから冷たかった。最近では少しマシになってはきたが、嫌なやつといってもいいほどの態度を取りつづけているのだ。

「どちらにしても、こんなふうに休まれるなら、辞めていただいたほうがいいかもしれませんね。雄大君には、また雑用の仕事が増えてしまいますけど」

「やだ、そんなこと言わないでくださいよ。本当にインフルエンザなら、仕方がないじゃないですか」

　掃除を終えて席に座ると、しんと沈黙が広がった。

いつもなら、京香がぶつぶつと文句を言う声や、天野に聞こえよがしの嫌味を言う声が響いている時間帯なのに、こうも静かだと、何だかかえって作業に集中できない。

「寂しいね、みいちゃん」

呟くと、みいちゃんも、悲しそうに眉根を寄せた。

午前中の時間が、ゆっくりと、単調に過ぎていった。そのうち雨まで降り出して、何だか気持ちが沈んでくる。今日に限ってお客も、一人もやってこなかった。

牛久さん、パウンドケーキを食べに、午前中に顔を出すって言ってたのにな。雨で外出するのが面倒になっちゃったのかな。

コルドニエ・アマノの扉がようやく開かれたのは、お昼も大分近づいた頃のことだった。

「いらっしゃいませ」

牛久かと思って、張り切って入り口のほうへと顔を向けた。ところが牛久とは似ても似つかない、ほっそりとした女性が傘を畳んで立っている。その顔に、見覚えがあった。

「あ、ええと――玲子さん、ですよね？」

「はい、予約もなしに伺ってしまって、すみません」

天野が、はっと立ち上がって出迎える。テーブルの席へと誘うと、京香の妹の玲子は黙って頷き、重苦しい表情で腰掛けた。

天野と雄大がテーブルにつくと、玲子が話しだした。パウンドケーキを添えて紅茶を出したが、玲子が口をつける気配はない。

「実は、今日伺ったのは、姉のことなんです。こんなに何日も、無理にお休みをいただいてしまって、申し訳ありません」

「いえ。もともと、雑用をお願いしているだけですし」

天野の突き放すような言葉に、玲子が面喰らったように黙った。

もう、またそんな言い方して。

「あの、京香さんの具合は大丈夫なんですか？ インフルエンザって聞いて、僕、心配してたんです」

玲子の大きな目が雄大のほうを向いた。

「姉は、インフルエンザなんて言ってたんですか？」

「――違うんですか？」

「ええ。すみません、妹として情けないですけど、それは仮病です」

頭を下げる玲子の目は赤い。あまりよく眠れていないのだろうか。

「この間、雅也さんのところを訪ねて以来、様子がおかしくて。部屋にこもって食事もほとんど手をつけないし。私、心配で――」

「雅也を訪ねた？　それは本当ですか？」

珍しく、天野の声が動揺している。

「――ええ、ちょうど私が、こちらに伺った夜のことです。姉は、大倉山の雅也さんのマンションに行ったみたいなんです」

「あれ、でも、京香さんって彼氏と遠距離恋愛してるって――」

「そのはずだったんですけど、どうやら雅也さん、こちらに戻ってきてるみたいで」

玲子が、小さく息を吐いた。天野は、じっと固まったまま黙っている。

雨音が、にわかに激しくなってきた。

「あの、天野さんは、雅也さんと古いお友達なんですよね。何か、雅也さんのほうから聞いていませんか？　姉は、何も話してくれないんです」

玲子の目は、真剣だった。よく考えてみれば、いくら姉妹とはいえ勤め先までこうして出向いてくるなんて、よほど心配を募らせているのだろう。

「私のほうでも、何も聞いていません。雅也がこちらに戻っていることも知らなかったくらいですから」

「――そうですか」

落胆を隠せない様子で、玲子が視線を膝《ひざ》に落とした。

「わかりました。すみません、突然お邪魔してしまって」

玲子が椅子を引いて立ち上がる。声が、来た時よりも暗くなっていた。

「あ、あの、もしよかったらパウンドケーキをお包みするので、持って行きませんか？　京香さんにも、お渡しください」

「すみません。もう、急いで会社に戻らないと。忙しいのに無理にお昼休みをもらって、抜けだしてきたんです」

「そうですか」

玲子は頭を下げると、雨が打ちつける店の外へと出ていってしまった。

天野は見送りにも出ずに、再び作業台の席へと戻っていく。その姿に、さすがに違和感を抱いた。

「天野さん、京香さんのことになると、少し冷たくないですか？　玲子さんだって、雨の中をわざわざ天野さんを頼って訪ねてきたのに、あんな態度を取るなんて」

「雄大君、お弁当を買ってきてください。そろそろお昼ですよ」

「ちょっと天野さん、僕の話——」

まるで温度のない視線が、雄大に向けられていた。冷たくも、温かくもない。すべての感情を押し殺したような瞳に、言葉がつづかなくなる。

「――わかりました」

いじけたような声を出しても、天野は何も言わない。仕方なく傘を手に取り、店を出た。


弁当を買い店に戻ってくると、牛久がやってきていた。

「牛久さん！　遅かったじゃないですか」

「よお、悪いな。ちょこちょこ用事を足してたら、こんな時間になっちゃってよ」

駆け寄ると、牛久が頭を搔いた。ここでお昼を済ませるつもりらしく、すでにテーブルの上に、特盛りの弁当が広げられている。

そのまま、皆でお昼を食べだすと、牛久がつまらなそうに言った。

「なんだ、今日も京香ちゃん、休みなのか？」

「そうなんですよ。そのことで実は今さっき、京香さんの妹さんもここに来てて」

天野が咎めるような視線を向けてきた。余計なことを話すなというプレッシャーがすごい。一瞬怯《ひる》みそうになりながらも、雄大は、牛久に事情を話して聞かせた。

「なんだ天野、お前、それで黙って玲子ちゃんを店から帰したのか」

いかにも情けないという調子の声に、天野がつっと視線をそむけた。まだ学生だった頃から世話になっているらしい牛久にかかると、天野もさすがに若造扱いだ。

牛久さん、もっと言ってやってください！

心の中でだけ声援を送ったはずなのに、天野にじろりと睨まれた。

牛久が、そんな天野を見据えて、有無を言わせぬ調子で言った。

「明日にでも、見舞いに行ってこい」

「――どうして私が」

「いいから、行ってこい。従業員の幸福は、雇い主の責任だぞ」

「湯浅さんは、ただの雑用係です」

「ただの雑用係が、女子高生のために革を探して駆けずり回ったり、一生懸命デザインの仕事をやろうと頑張ったりしているのを邪魔して、お前、恥ずかしくならなかったのか？」

「だからそれは、彼女が何か企んで――」

はっと口をつぐんで、天野が黙った。

「京香さんが何か企むって、なんですか？」

「なんでもねえよ、こいつの妄想だ」

牛久が、天野から視線をそらさずに言った。天野がついに俯く。

「とにかく、行けよ。そうだ、雄大も一緒に行ってやってくれないか。こいつ、一人だとビビって引き返してくるかもしれねえから」

「――はい！　僕も心配だったんです、京香さんのこと」

「そうだろう、そうだろう。普通の人間ならそうだ」

牛久は満足そうに頷くと、雄大のキノコ頭をぽんぽんと軽く叩いた。

何だかよく分からないけど、天野さんは、京香さんのことを疑っていたんだ。そして、牛久さんは、そのことを知っていたってことだよね？

古い付き合いの二人は、過去の話をあまりしたがらない。何か秘密があるのではないかと、これまでにも何度か思わされることがあった。

例えば、パンプスのビスポークを引き受けたがらないこと、デザインの依頼を避けているように見えることなど、雄大が牛久に尋ねても、いつもはぐらかされてしまう。

「まあ、今は靴作りに専念したいんだろうよ」

牛久はそう答えるくせ、目が泳いでいるのが常だった。

天野はいつにもまして無表情になり、まるで能面のような顔で弁当を食べつづけている。

そのうち、牛久と雄大がパウンドケーキを食べて盛り上がっていると、「髪を切ってきます」と言って、こちらを見ようともせずに店を出ていってしまった。

「あいつ、そのうち、前髪がなくなるんじゃねえのか？」

牛久は呆れたように、通りを歩いていく天野の横顔を見送っていた。

＊

昨日の雨から一転、朝から晴れ間が広がっている。

手作りチョコレートを片手に雄大が出勤すると、天野が既に、作業台に向かっていた。

「あれ、天野さん、もう来てたんですか」

「ああ、いえ。ちょっとやり残したことがあって。昨日から作業をしていたんです」

では、徹夜をしたのだ。しかし、急ぎの仕事なんてあっただろうか？

作業台の上には、白い紙袋が載っている。

「京香さんの家に行くのは夜だし、一度、お家に帰ったらどうですか？　もし依頼があったら、僕が話を聞いておきますから」

「――そうですか？　そうしてもらえると助かります」

立ち上がって正面を向いた天野の様子に、雄大は息を呑んだ。

目の下に黒い隈《くま》が広がっていて、まるで天野のほうがインフルエンザを患ったのかと思うほど、憔悴《しょうすい》して見えたのだ。机につっぷして寝たのだろう。いつもきっちりと揃っている前髪の一部がぴんと跳ねている。それだけでも、かなりの異常事態だ。

「天野さん、大丈夫ですか？」

「ええ。シャワーを浴びて、仮眠をしたら午後には戻りますから」

作業に関する細かな指示を二、三与えると、天野はよろよろと店を出ていった。

「みいちゃん、久しぶりに一人でお留守番になっちゃった」

何となく寂しくなって、みいちゃんに話し掛ける。みいちゃんも、やはり心細げな顔で、雄大を見つめ返してきた。

出勤してこない京香の代わりに店の掃除をしていると、ふと、天野の作業台に違和感を抱いた。近づいてみると、いつもはきっちりと閉まっている引き出しが、少し開いている。その隙間から、ノートの端らしきものが見えた。

ここって、いつもは鍵のかかってる引き出しだよね。しかも中に見えてるのって、デッサンノート、だよね？

いけないと思うのに、手がそろそろとノートに伸びていく。

一体、何が描いてあるんだろう――。

ゴクリと喉が鳴る。指先がノートの端に触れる、その時だった。

――だめ！　人のものを勝手に見るなんて！　みいは、そんなことする雄大、嫌いだよ！

背後からみいちゃんの叫び声が聞こえて、我に返った。伸びかけていた手を、慌てて引っ込める。危なく、人の道を踏み外すところだった。

「ありがとう、みいちゃん」

振り返ってみいちゃんにお礼を言うと、ちょうど扉の開く音がした。

「いらっしゃいませ」

入り口に立って、男性がきょろきょろと店内を見回している。

「どうぞ、こちらにお座りください」

「やあ、どうも。お邪魔します」

よく響く渋い声で答えると、男性はゆったりと席についた。

何となく、どこかで見かけたような気がする。それも、この商店街のどこかだ。

「あ！　もしかして、元町ジュエリーの方ですか？」

「ええ、そうです。オーナーの片瀬《かたせ》と言います。もしかして、お店にいらしていただいたことがありましたか？」

品物の良さそうなチェックのシャツにチノパン。足元はハイブランドの靴で、カジュアルすぎないシックな着こなしがかっこいい。

「前の彼女がとてもファンで。もう、振られちゃいましたけど」

片瀬は少しきょとんとしたあとで、はじけたように笑った。

「若いうちは、僕もたくさん痛い目を見ましたよ」

コーヒーを淹れて運んでくると、片瀬は、持ってきた靴をテーブルの上に出して待っていた。良く手入れはされているようだが、アッパーにもヒール部分にも、傷みが目立つ。

「かなり履き込んでいらっしゃいますね。もう長いんですか？」

「ええ、そろそろ修理をしたほうがいいかなと思って。先代の親父が贈ってくれた靴なんでね。これからも大事にしたいんですよ」

「素敵ですね。僕にもそういう靴があるので、お気持ちは良くわかります」

手に取って、持ち込まれた靴を眺めてみる。確かに傷や綻び、擦れなどが目立つけれど、時を経たからこその風格が漂っていた。紐を通す羽根の先が、つま先部分の革に潜り込んでいるバルモラルと呼ばれる靴だ。刻印が何もないが、もしかして有名な靴職人の作品かもしれない。

「細かな傷は修復するとして、ヒールもそろそろ交換したほうがいいかもしれません」

「ええ、それで結構ですよ」

注文票とボールペンを手渡すと、片瀬が少し癖のある崩した字で書き込んでいった。年齢は、五十五歳で、牛久と同じくらいだ。

片瀬はペンを置くと、コーヒーを一口飲んだ。仕草がいちいちダンディで様になる。

「実は、商店街の会長の花香さんから聞いたんですが、天野さんは、靴のことなら何でもわかるとか」

片瀬が雄大をじっと見つめた。どこか品定めをしているような視線に、雄大は、片瀬が自分を天野だと勘違いしているらしいことに気がついた。

「あ、違います、僕は天野ではありません。天野のアシスタントで、前園雄大と申します」

そう言えば、名刺を渡し忘れていた。慌ててケースから取り出して差し出す。

「ははあ、なるほど。すみません、お一人だったからてっきりあなただと。いや、随分とお若いなとは思ったんですが」

再び片瀬が笑ったあとで、改まった表情になった。

「実は、修理とは別に、その靴のことで、天野さんに折り入ってご依頼したいことがあるのですが、今日はいらっしゃらないようですね」

「ああ、いえ。夕方前には戻ると思うんですが、この靴がどうかしましたか?」

片瀬はちょっとためらったあとに口を開いた。

「実はその靴には、何か秘密があるらしいんです」

「――秘密、ですか?」

いい品物ではあるが、特に変わった点は見受けられない。天野なら何かわかるかもしれないが、雄大には何も感じるところはなかった。

「さっき、形見の靴だと言いましたよね。親父はそれを僕に手渡す時に、この靴の秘密がわかるようになったら、お前も一人前だと言ったんです」

片瀬が父親の後を継いで元町ジュエリーのオーナーに就任したのは、十年ほど前のことだという。その際、今、目の前にあるバルモラルもいっしょに贈られた。

「今はもう店を畳んでしまったようですが、都内にある靴職人さんのところで作ってもらったものです。サイズを測ったのはその時から二年も前のことだったので、すっかり忘れていたんですがね」

人気の靴職人であれば、依頼から仕上がりまで、二年くらい待つことも珍しくはない。片瀬の父親は、数年先に息子に店を譲ることを見越して、予め足のサイズを測っておいたのだろう。それにしても、靴の秘密というのは、一体、何なのだろう。

「靴を履き、元町ジュエリーのオーナーとして働いて十年が経ちました。恥ずかしながら、一度は経営が危うくなったこともあったんですが、今は父の頃より店もかなり大きくなった。そろそろ一人前と褒められてもいいんじゃないかと思うんですが——」

片瀬は苦笑すると、コーヒーを一口飲んだ。

「そんな時に花香さんから天野さんの話を聞いて、もしかして、この靴の秘密がわかるんじゃないかと思ったんですよ」

「そういうことだったんですね。ご依頼を、僕のほうから天野に伝えておきましょうか？」

「ええ。そうしていただけると助かります」

次の打ち合わせがあるからと、片瀬は店を出ていった。何でも関西のデパートに、元町ジュエリーの店を出さないかと打診があったのだそうだ。そう言えば雄大の元カノも、今、全国で人気だという、元町ジュエリーの限定リングを手に入れようと必死だった。

きっと片瀬さん、人気のブランドにするために、すごく頑張ったんだろうな。僕も、父さんが認めてくれるくらいの職人になれるよう、もっと努力しなくっちゃ。

バルモラルを箱にしまうと、雄大は改めて自分を励ました。

＊

京香の家は、港南台の駅から、歩いて十分ほどの場所にあった。夜の七時ということもあって、仕事帰りの人々で、駅周辺は人通りも多い。

道すがら黙り込んで歩く天野に、雄大は一度だけ質問した。

「天野さん、その白い紙袋、お見舞いだったんですか？」

「ああ、いえ、これは別に」

平坦な声の返事だった。

朝、雄大が店に着いた時、天野はあの紙袋を作業台に載せ、ぼんやりと座っていた。家にも帰らず徹夜で作業していたものが、あの中に入っていると思っていたのだが、もしかして違ったのだろうか。店を出がけに「僕が持ちますよ」と紙袋を持ち上げると、すごい勢いで取り返されたから、何か大事なものであることには間違いなさそうだ。

やがて通りの向こうに、そう古くもなさそうな、こぎれいなマンションが見えてきた。オフホワイトのタイル張りで、ベランダには黒の鉄柵がついている。花を飾っている部屋も多かった。

「あ、あの建物みたいですね」

軽く頷く天野の手は、白い紙袋の取っ手をギュッと握りしめている。

お見舞いじゃないとしたら、一体、何が入っているんだろう。

部屋は三〇八号室だ。一階のインターホンで呼び出すと、すぐに玲子の声が出て入り口のロックが解除された。エレベーターで三階まで到着し、廊下を見渡すと、玲子が外廊下の奥から部屋の入り口を開けて手を振っている。

「雄大さんもいらしてくださったんですね。ありがとうございます。さ、入ってください」

部屋の前まで辿り着くと、玲子が玄関に二人を招き入れてくれた。

「姉はまだ引きこもっていて、出てくるかわかりませんけど。まだ天野さんたちが来ること、言ってないんです。逃げられちゃうと困るから」

玲子に導かれて部屋の中へと入っていく。こざっぱりと片付いた廊下を通ってリビングに出た。田の字型に部屋が配置されていて、リビングから、姉妹それぞれの部屋へと通じる扉があるらしい。

「こっちが、姉の部屋です。私が話しかけてもほとんど反応がなくて。でもときどき、泣き声だけが聞こえるんです」

「──京香さん、可哀相」

よほど辛い目に遭ったに違いない。もしかして、ケンカをしたというよりは、彼と別れてしまったのだろうか。

「ここまでくると、もうほとんど妖怪ですよ。夜中とか、不気味で仕方がないです」

玲子は意外とドライなことを言って、ため息をついた。

「あ、どうぞ、ソファにお掛けください」

勧められるままに腰掛けると、玲子がキッチンにまわって、すぐに紅茶を出してくれた。

京香と違って、くるくると気の回るタイプらしい。

「それで京香さん、何があったとか打ち明けてくれたんですか？」

尋ねると、玲子が首を振った。

「この間は、大げんかしたのかもって思っただけだったんですけど。あの様子からして、けっこうこっぴどく振られでもしたのかなって」

「おそらく、そうでしょうね」

天野が表情を変えずに言った。

「やっぱり、そう思います？　でも、あんな男のために落ち込むなんて、バカらしいですよ。

――あ、ご友人なのにすいません」

しかし玲子の表情は、ちっとも済まなそうではなかった。

「雅也さんって、その、あんな男って感じだったんですか？」

「ええ、だったんです。別れられておめでとうって感じです」

謝ったすぐあとで、玲子が吐き捨てる。

雅也と友人のはずの天野は、特に庇おうとしない。そう深い付き合いではないのだろうか。

「いい人ってモテないって言いますすもんね。やっぱり、雅也さんってちょっと悪い男なんですか？」

天野に尋ねると、にわかに京香の部屋の中から、嗚咽《おえつ》が漏れ聞こえてきた。三人で、そろそろと、部屋の扉のほうへと目を向ける。

「不定期にこの声が聞こえるんです」

玲子が申し訳なさそうに呟く。

「とっても傷ついたんですね」

自分が振られた時のことを思い出して、鼻の奥がつんとしてきた。

「そうなんですけど。昼も夜もこれだと、何だか私まで参ってきちゃいそうで」

「僕たちが来たのにも、気がついてないんでしょうか？」

「お姉ちゃん、昔から失恋すると、アーミンの失恋ソングをエンドレスの大音量で、ヘッドホンから流して聴くから――」

「誰なんですか、そのアーミンって」

天野が眉をひそめる。あの有名な失恋ソングを知らないなんて、天野はやはり人とは少しアンテナが違うのだろう。

「男なんてららあっていう歌ですよ。すごく人気があるんです」

「私ちょっと、お二人が来たことを知らせてきます。メモをドアの下から差し込めば、目だけは通してるみたいなんで」

玲子がさらさらとメモ書きにメッセージを書いて差し入れる。すると嗚咽がぴたりと止み、しばらくしてメモ用紙が差し戻されてきた。

「具合悪いから帰ってもらって、だそうです」

――まあ、顔を合わせたくなんてないよね。目も泣き腫《は》らしちゃってるだろうし。今日は一旦《いったん》、帰った方がいいのかも。

そう提案しようとした時だった。天野がおもむろに立ち上がった。

「私にもそのメモ用紙を、貸してもらってもいいですか？」

「ええ、どうぞ」

銀行の名前が印刷してあるメモ用紙を受け取ると、天野は数字とアルファベットを組み合わせた暗号のような数字を書き付けた。

〝ＭＭＤ８８２５　欲しければ、開けろ〟

紙を剝がして二つ折りにし、玲子がしたのと同じように、扉の下の隙間から差し込む。

――ＭＭＤ８８２５？　どこかで聞いたことがある。ええと、何だっけ？

喉元まで出かかっているのに、なかなか思い出せない。

一秒、二秒、三秒。京香のほうからも、反応がなかった。

諦めて、天野が扉から離れようとしたその時、ものすごい勢いで扉が開いた。

すっぴんにグレイのスウェット姿、まぶたを腫らした京香が、瞳だけは爛々《らんらん》と光らせて立っている。

「お姉ちゃん!?」

何日も、お風呂に入っていないのだろう、髪の毛もぼさぼさのひどい有様だ。

「欲しい！　欲しいんだけど、どこにあるの」

ほとんど叫ぶような声だった。天野が黙って京香に近づくと、持ってきた紙袋を京香の胸の前に差し出した。だが、京香が手を伸ばしてきたのと同時に、ひょいっと引っ込める。

「言われた通りに扉を開けたでしょう。それ、頂戴！」

京香は、まるで子供みたいに駄々をこねた。本当に子供だったら可愛いかもしれないが、ぼさぼさ頭の目の腫れた女がやると、それこそ妖怪にしか見えない。

「うっ」

焦点の合わない京香の目から涙が溢れだした。この紙袋を差し出しているのが天野だということがわかっているのか、それさえも怪しい。見つめているのはただ、紙袋の中の紙箱だけ。

見ていられなくなったのか、玲子が口を挟んだ。

「ちょっとお姉ちゃん。天野さんも、雄大さんも、お姉ちゃんのことを心配してわざわざお見舞いに来てくれたんだよ。挨拶もしないで、いきなり失礼だよ」

のろのろと京香が玲子に視線を向ける。ようやく、事態を把握しはじめたようだ。雄大、そして天野へと改めて視線を移すと、今度は力が抜けたように床の上にへたりこみ、顔を覆って本格的に泣きだしてしまった。


「雅也のマンションに行ったら、インターホンに知らない女の人が出たの」

京香は、ソファに座って、ひどい鼻声で話しだした。玲子は京香の隣で背中をさすってやっており、雄大は天野といっしょに、床にクッションを置いて京香の話を聞いている。

あまりにも痛ましい姿に、ついに雄大も涙を堪えきれなくなった。

「そんなの、酷すぎます」

弱々しい笑みを雄大に向けると、京香がつづけた。

「ちょっと舌っ足らずな声で、はあいって」

インターホン越しに聞こえた声は陽気で、ピザの配達か何かでも迎え入れるように、簡単に玄関のドアロックを解除した。

「多分ね、私が雅也の彼女だとか、そんなこと疑いもしてなかったんだと思う。雅也にも普通に、お客さんみたいだよとかなんとか取り次いでて」

何が起こっているのかわからないまま、部屋のあるフロアまで上がり、玄関先まで近づいた。すると雅也が慌てたように出てきて、京香をマンションの外へと、再び連れ出そうとしたのだ。神戸にいるはずの、雅也が。

「女の人も、玄関先まで出てた。それでね、どうしたと思う？　あんた誰？　とかすごむわけでもなんでもなくて、私に向かってにっこり会釈したんだよ」

「それって――、完全に雅也さんのこと信じてるってことだよね。たまたま泊まりに来てた恋人って感じじゃないし」

玲子はティッシュを数枚引くと、京香に手渡した。

「うん。多分、一緒に住んでる。雅也、ずっと前から東京中心の生活をしてたんだって。ときどきは神戸に長めの出張をしてたみたいだけど。ほら、訪ねていったゴールデンウィークとかも、ちょうど出張してただけ。いずれ機会を見て話すつもりだったって――」

「なるほど。雅也のやりそうなことですね」

ためらいがちに言った天野の声からは、つっかかるような調子が消えていた。

「――そうなの？」

京香が天野を見る。目に力がなかった。

「色々悲しかったけど、私、あの女の子は鍵をもらったんだって思うと、それが一番、辛かった」

言いながら、再び京香が涙ぐむ。

「私、ずっと欲しかったんだ。彼の部屋の鍵。でも、言えなかった。ウザいとか、重いとか言われる気がして。実際、頼んだら言われてたと思う。でも、あの子は簡単に部屋の鍵を手に入れてた」

泣きだす京香を、玲子が抱きしめる。

「知らないで付き合ってたんですか、雅也の女癖のこと」

「ぜんぜん。仕事熱心だったから、一途な人だって勝手に思い込んでた」

京香が自嘲《じちょう》気味に笑った。

「天野さんは知ってたんだ。まあそうか、友達だもんね」

「古い付き合いですが、友達というほどではありません。ただ、――湯浅さんには、申し訳ないとは、思っています」

雄大は、驚いて言葉が出なかった。あの天野が、京香に謝ったのだ。一体、どういう心境の変化なのだろう。しかも、自分がしたことでもないのに。

「なんで？　天野さんが謝ることじゃないよ」

京香も、意外そうに首を振った。

「いいえ、私は、あなたを疑っていたんです。もしかして何か魂胆があって店にやってきたのではないかと」

「どうしてそんなことを思ったんですか⁉」

尋ねると、天野は視線を床に落とした。

「雅也とは昔、色々とあったので、つい――」

それ以上のことは話したくないと、天野の横顔が語っていた。

京香はぼんやりとソファの前のローテーブルを見つめている。まだ心が正常に機能していないという様子だ。

「お姉ちゃん、それで、雅也さんのマンションからは黙って帰ってきたの？」

「うん、なんか話を聞いても今いち実感がなくて、その後の記憶も飛んじゃってるんだ。気がついたら家に戻ってた」

「そっか」

事情を話して少しはすっきりとしたのか、京香はしばらくして泣き止んだ。最初よりは落ち着いたようにも見える。

「それでは、私たちはそろそろ」

天野が立ち上がるのを見て、雄大もあとにつづいた。けっこう長いあいだ同じ姿勢をとっていたせいか、膝裏《ひざうら》が痛い。

「そういえば」

まだ呆然とした様子の京香だったが、立ち上がると、ふいに目の強さを取り戻した。

「くれるんでしょ、それ」

視線はまっすぐに、天野の持った紙袋に向けられている。

ああ、そうだ。あの紙袋のことをすっかり忘れていた。

MMD８８２５。それが何を意味するのか、今度こそ脳裏にひらめくものがあった。

ハマナカ・ヒールの、人魚姫モデルの型番だ！

正式にはマーメイド８８２５。人魚姫が、人間の足を手に入れた時に履く靴をイメージしたと言われている一足だ。デザイン性の高さが今でも語り継がれているケン・ハマナカの最高傑作で、ニューヨークの近代美術館にもコレクションされている。市場に万が一出回れば、相当な高値がつくはずの品物だ。

それが、今ここに？

天野の視線が、珍しく揺らいだあと、すぐに定まった。

「いえ、この中はただの空箱です。そんなもの、手に入ったらとっくに売り払っていますよ」

「湯浅さんを心配する妹さんの役に立ちたくて、嘘をついただけです」

玲子のことを持ち出すと、京香が黙った。それでもまだ未練がましく紙袋を見つめる京香に、天野は告げる。

「急かすつもりはないんですが、なるべく早く、店に出てきてもらえると助かります」

はっと京香が顔を上げる。雄大も、思わず天野を見つめた。

「もう、雅也の彼女でもなんでもないんだよ。私を雇う義理だって、ないんだよ」

「別に、コルドニエ・アマノの雑用係が、雅也の彼女である必要はありませんから。雄大君も、仕事が増えて大変そうですしね」

思わず、頬が緩む。どうしてかは良くわからないけれど、ついに天野も京香を受け入れる気になったらしい。

京香は、何も答えない。

「それでは、待っていますから」

結局、持ってきた紙袋を手に提げたまま、天野は雄大を伴って部屋を出た。

しかし、その後ろ姿に、何か引っかかるものがある。

――そうだ。さっき天野さんは、袋の中は空箱だなんて言ってたけど、今朝持ち上げた時

「騙《だま》したの⁉」

は、あの紙袋、ちゃんと重みがあった。

もしかして、あの袋の中には、本当にＭＭＤ８８２５が入っているのではないだろうか。だとしたら、なぜレディスのデザインに関わることを毛嫌いしている天野が、究極のレディスとも言えるケン・ハマナカのパンプスを持っているのだろう。

尋ねたいことは山ほどあったが、きっと天野は、まともには答えてくれないに違いない。天野に関する謎がさらに深まったように感じられ、雄大はそっと嘆息した。

＊

翌日は、再び雨だった。だんだん、梅雨が近づいているのだろう。空気も湿り気が強い。すぐに手が汗ばむから、革に染みてしまわないよう、しょっちゅう手を拭きながら作業をする必要がある。

「京香さん、さすがに昨日の今日じゃ、来ないかなあ」

クリーニングの手を休めると、雄大はみいちゃんに尋ねてみた。みいちゃんも、どうかなあという顔でこちらを見ている。

天野は、先日、元町ジュエリーの片瀬が店に持ち込んだバルモラルを眺めていた。雄大が近づくと、天野が顔を上げる。

「雄大君、この靴の秘密は、一人前になった時にわかると、片瀬さんはそんなふうにお父様から言われたんですよね？」

「ええ、そうらしいです。少し考えてみたけど、僕にはさっぱりわかりませんでした」

「すぐに諦めないでください。そんなことじゃ、まだまだ一人前になれませんよ」

「すみません」

しょんぼりとうなだれると、天野が口調を和らげた。

「それにしても、腕のいい職人さんですね。これだけ履き込まれていても、形自体はまだきれいだ。さぞ履き心地もいいんでしょうね。毎日、履いていたくなるほど――」

天野は、靴底やインナーを丁寧にのぞき込むと、首を傾げた。

「刻印がどこにもないですね」

「そうなんですよ。もしかしてすり減っちゃったんでしょうか――天野さん？」

返事がない。

いつの間にか、天野と自分との間に、目に見えない壁のようなものができていた。

出た、スーパー天野さん！

「靴底……刻印……十年……」

しばらくバルモラルを見下ろしていた天野が、短く息を吐いて顔を上げた。

「靴の声が聞けました」

「わあ、さすがですね！　それで、秘密って何だったんですか⁉」

「ですから、何でも私に聞こうとしないで、少しは自分で考えてください」

「はあい」

だって、どんなに考えても、天野さんのようには靴の声が聞こえないんだもの。

天野が、やや声を和らげて付け足した。

「秘密は教えられませんが、ヒントはあげましょう。だいぶ傷んでもいるし、この靴は踵交換だけではなく、オールソールもしたほうがいいようですよ」

オールソールというのは、傷んでしまった靴底をまるごと交換する修理のことだ。手縫いの靴であれば、こうして定期的にケアしてやることで、一生付き合っていくこともできる。

「それから、今回は修理の途中で片瀬さんにお店にいらしていただきます」

「途中ですか？」

「そうでなければ、この秘密は片瀬さんに教えてさし上げられないんですよ。さあ、片瀬さんにご連絡をお願いします」

雄大が片瀬に連絡を取ると、電話の向こうでかなり興奮していた。

『すごいな。当事者である私が十年間考えてもわからなかったのに、たった一日でもうわかったんですか？』

「はい。残念ながら僕ではなく、天野が解決したみたいです。申し訳ないのですが、一度お店にいらしていただけませんか？」

『それはもう。今日は出張で大阪にいるので、明日の夕方でもよければそちらに伺います』

「はい、お待ちしていますね」

少年にかえったようなそわそわと落ち着かない片瀬の声につられて、少ししょんぼりとしていた雄大も、ついつい口元がほころんだ。

天野を振り返ると、すでに解体の終わった右足を脇に寄せ、左足の踵を取り外している。集中している時はいつもそうだが、少しだけ見える瞳が、キラキラと輝いていた。

——こっちにも、少年がいた。

雄大はみいちゃんに目配せすると、再び作業に戻ったのだった。

＊

少し、多く作りすぎちゃったかな。

今日は片瀬がやってくるというので、おもてなし用にジンジャークッキーを焼いてきたのだが、思ったより大量になってしまった。

小分けにして、また商店街の人たちに配っちゃおうかな。

うきうきと考えながら出勤すると、店先を箒で掃いている人物がいる。

「京香さーん！」

思わず大きく叫んで駆け寄ると、京香がこちらを見て微かに笑った。

「一昨日はお見舞いありがとう。何日も休んでごめん。仕事、大変だったでしょう」

「ううん、そんなこと気にしないでください。でも、復帰してくれて嬉しいです」

店の中に入ってコーヒーを淹れていると、掃除を終えた京香がそばにやってきた。

「何そのクッキー、美味しそう」

「よかったら食べてください。作りすぎちゃって。玲子さんにも持っていきます？」

「ダイエット中だって言ってたけど、嫌がらせで持っていこうかな」

——よかった、京香さんが戻ってきてくれて。

まだ少しやつれてはいるが、部屋で見た時よりは大分回復もしたようだ。やはり天野と二人きりよりは、京香もいたほうが賑やかで楽しい。

「そういえば、京香さんがいない間に、面白い依頼が舞い込んだんですよ」

雄大は京香に、片瀬が持ち込んだバルモラルについて話してきかせた。

「へえ、それで天野さんはもう、その靴の秘密がわかったんだ」

「はい。今回も割とすぐに」

「秘密を持った靴ねえ」

立ったまま話をつづけていると、突然、声がした。

「仕事もしないで、二人で井戸端会議ですか」

いつの間にか、天野がミニキッチンの扉の前に立っている。

「あ、天野さん。おはようございま――」

「湯浅さん、お使いがたまっています。すぐに行ってきてください」

険はなくなったものの、相変わらずの口調で、天野が京香に言いつけた。

「はあい、わかりました」

京香もムッとした様子で返事をする。こちらも、反抗的な顔をしてはいるものの、どちらかというとその態度は、照れに近いように思えた。

「それと、この間はお見舞いをありがとうございました。今日からまた、よろしくお願いします」

京香が頭を下げると、天野が軽く咳払いをする。

「いえ、その、こちらこそよろしくお願いします。それと——前から気になっていたんですが」

「何ですか？」

「湯浅さんって、さが二回つづいて言いにくいですね」

「それで？」

京香が用心するような声で尋ねた。

「——で、いいですか？」

小さすぎて、すぐそばにいる雄大にも、天野の言ったことがよく聞こえない。京香と二人で、「え？」と聞き返した。

「ですから、京香さんでいいですかと聞いたんです！」

怒ったように言うと、天野はミニキッチンから離れていってしまった。

思わず京香と顔を見合わせ、どちらからともなく吹き出す。

「仕方がないですね。京香さんでけっこうです」

京香が、天野の口調を真似てミニキッチンから答えると、すぐに返事が飛んできた。

「さっさと靴を届けに行ってください！」

午後の三時すぎになって、片瀬が再び店を訪れた。商談帰りなのか、この間のラフな格好と違って、細身のスーツに身を包んでいる。

——渋くて格好いい人だね。

こちらに向けられた京香の視線がそう語っていた。目がハートマークになっている。ついこの間まで失恋で目を泣き腫らしていたのに、女性の精神構造はどうなっているのだろう。

「いらっしゃいませ。お待ちしておりました。店主の天野です」

天野が、待ちかねたように立ち上がった。いつもの無愛想ぶりとはうって変わった態度だ。よほど、靴の持つ秘密に興奮しているらしかった。

皆で席につくと、京香がコーヒーを用意してくれた。

「ありがとう」

頷く片瀬に、京香もうっとりと微笑んでいる。

——みいちゃん、女の人って強いね。

心の中で話し掛けると、みいちゃんは、ふふふと小さく笑い返してきた。

「さっそくですが、秘密がわかったとか。十年来の謎が解けると知って、恥ずかしながら昨日の夜は眠れませんでした」

片瀬が、組んだ両手を落ち着きなく動かしている。正面に座る天野との間には、くだんのバルモラルが置いてあった。ただし、靴裏はオールソールのため、全て取り除かれている。

「それではさっそく、お見せしたいと思います。靴の秘密というのは、おそらく、このことではないでしょうか」

天野がバルモラルを手に取って、ゆっくりと裏返した。

「これって――」

雄大のほうに視線を移して、天野は頷いた。

「メッセージです。このバルモラルの靴底の中には、片瀬さんのお父様からの時を超えた言葉が隠されていたんですよ」

天野が裏返したのは右足のほうだった。靴底を取り除いて剝き出しになった裏面には、確かに文字が刻まれている。その文字とは、こうだった。

〝店を守ってくれて〟

「あれ？　でもこのメッセージって、途中で終わってます？」

首を傾げると、天野が左足を裏返した。右足の言葉と組み合わせると、一文になる。

〝店を守ってくれて　ありがとう　幸三郎〟

「幸三郎は、確かに父の名前です。でもどうして、父はこんな場所にメッセージを――？」

天野は片瀬を見据えると、話しはじめた。天野が靴について語る時、普段の寡黙さはどこかへ消え去ってしまう。

「その質問にお答えするまえに、昔の靴職人たちの習慣について触れさせてください」

「靴職人たちの習慣、ですか?」

片瀬は、とまどったような顔をしている。

「まだ手作りの靴が今よりもずっと生活に根ざしていた頃、ヨーロッパの人たちは、決まった靴職人に靴を作ってもらい、決まった靴修理の職人にその靴を持ち込んで修理して履いていたんです」

「要はみんなに、馴染みの靴屋があったってことよね」

「そうです。特に小さな町なんかでは、一軒ずつしか靴屋や修理屋がなかったなんてこともあったでしょう。つまり、自分の作った靴を誰が直すか、当時の靴職人はちゃんと知っていたんですね」

「へえ、何だかアットホームで素敵な話ですねえ」

片瀬が感心している。そのはす向かいで、京香が、はっと顔を上げた。

「もしかして、その靴裏のスペースって、職人同士のやりとりに使われていたんじゃない!?」

天野が、ゆっくりと頷いた。

「その通りです。ここは、職人同士しか見ない場所です。ですから、職人から職人への挨拶や、もしかして嫌な顧客の靴であれば、悪口なんかが書かれていたかもしれない」

元気にやってるか？　よお兄弟、まだくたばってないのか？　このご婦人って美人だよな。

これまで靴裏に刻まれてきた、職人たちの茶目っ気たっぷりの声が聞こえてくるようで、思わずほうっとため息が出る。

「それじゃあ、親父もその習慣にならって、ここにメッセージを？　だけど、どうしてわざわざそんな回りくどいことをしたんでしょうか」

「そのヒントは、片瀬さんが教えてくださったんですよ。お父様は、この靴の秘密がわかったら、一人前だとおっしゃっていたそうですね」

「ええ、そうです」

「この新しい靴を手渡したお父様はおそらく、何年か後の片瀬さんがまだこの靴を履き、ご活躍されていたらきっと、この靴裏を張り替えるだろうと考えたのではないでしょうか」

片瀬が、「ああ」とため息とも感嘆ともつかない声をあげた。

「履き方にもよりますが、仕立てのよい靴であれば、オールソールをするのは十年に一度くらいです。その時まで頑張ってほしいと祈る気持ちもあったと思いますが、きっと頑張ってくれるという信頼があったのでしょう」

頷く片瀬の目は、かすかに光っていた。

「正直に言うと、父から受け継いだ仕事を漫然とこなして、店を潰しかけたこともあったんです。資金が回らなくなる寸前に、父の代から付き合いのある恩人に助けてもらって、それからは無我夢中でした」

靴の踵をすり減らして、全国、いや、全世界を飛び回った。ジュエリーのことを知れば知るほど、夢中になってのめり込んでいった。

「気がつけば、こんなに傷だらけにしてしまいましたがね」

片瀬が、バルモラルを愛おしそうに眺める。

「十年もお店を続けていれば、一度や二度、危機もあります。見事に乗り切ってこそ一人前、ということだったんでしょうね。お父様もきっと、お喜びだと思います」

「でも、どうして靴裏にメッセージがあるってわかったの？　そういう習慣があったっていうだけで秘密を探り当てたわけ？」

京香が首を傾げた。

「いいえ、ヒントはもう一つあったんです。それは、職人さんの刻印が、一切見当たらなかったことです。でも、これだけの作品です。どこかに、印があるはずだ」

どくん、と雄大の心臓が一度大きく跳ねた。

「それで、靴底を取り払った中に、メッセージといっしょに刻印されているんじゃないかと考えたんですね」

　天野に尋ねる声が、知らずに震える。

「その通りです。少し勘に頼った部分はありましたけど、当たっていました」

　天野が、剝き出しになった左右の靴底の隅を、両人差し指で示した。その刻印は小さすぎて、もっと近づかなければきちんと識別できない。

　しかし雄大は知っていた。顧客の目には触れないこの職人だけのスペースに刻印をする、腕のいい靴職人のことを。

　胸の奥から、熱い塊がせりあがってくる。

　これって、おじいちゃんの、作った靴？

　十年前であれば、ぎりぎりまだ病に倒れる前だろう。そう数は多くないが、まだ一年に数足は靴を仕上げていたはずだ。

「あの、片瀬さんが足型を作るために行ったお店って、浅草橋でしたか？」

「ええと、そう、確かに浅草橋でした。店を出たあと、問屋街に行った記憶がある」

　片瀬の返事に頷きながら、そろそろと、バルモラルに手を伸ばした。

「雄大君のおじいさまのお店の屋号は、前園屋でしたね」

返事をしたいけれど、もう、声にならない。

靴裏には、確かに祖父の好んで使っていた〝前〟の字が刻印されている。自らの仕事を誇るように、力強く印されたその文字は、やがて雄大の視界の中でじんわりと滲んでいった。


片瀬が帰ったあとも、雄大はしばらく涙が止まらなかった。

祖父の作った靴を、まだああして大事に履き継いでくれる人がいる。きっと片瀬一人ではなく、何十人も、もしかして何百人もいるかもしれない。

それが嬉しかった。そして同時に、悔しさもあったのだ。

僕は、おじいちゃんの仕事が、一目で見抜けなかった。あんなに毎日、自分の部屋で見つめていたのに。あの美しい縫い目、歪みのないコバ、どこからどう見ても、おじいちゃんの仕事なのに――。

父親は、昔気質《むかしかたぎ》で古いやり方にこだわる祖父に反発していた。祖父が病気になってからは靴職人の看板をたたみ、もっと大量生産が可能な工場を立ち上げて成功している。勉強が苦手で手芸が得意。おじいちゃん子だった雄大は、合理的で実利主義の父にとっては、女々しい不出来な息子でしかなかった。そんな雄大を、祖父だけは可愛がってくれた。

僕は、おじいちゃんみたいに、一足一足を大事に作る職人になりたい。そしていつか、お父さんにも、手仕事の靴の良さをわかってもらうんだ。

祖父が自分に遺してくれた、あの古びた一足。もしかして——と思う。

あの靴裏にも、何かメッセージが残されているのではないか。一人前の靴職人になった自分への、祖父からのメッセージが。

いつか、あのソールを張り替えるからね。

心の中でそっと祖父に話し掛ける。

ふがいない自分への悔しさを胸いっぱいに湛《たた》えて歯を食いしばっていると、天野の咎めるような声が、耳に飛び込んできた。

「雄大君、このコバ、少し歪みが出てしまっていますよ」

「うわあ、はい、すみません！」

慌てて立ち上がると、天野のもとへと駆け寄る。

祖父のメッセージを読める時は、ほんの少し、いや、まだかなり先のようだ。

SHOES 4

憑いてる靴

よれた白シャツに身を包んだ青年が、店の扉を乱暴に開けて飛び込んで来た。店内に、梅雨の重く湿った空気が入り込んでくる。

「いらっしゃいませ」

京香が声を掛けると、憂いのある眼差しをこちらに向けて青年が会釈をした。急いでやってきたのか、多少息が荒い。

「あの、大丈夫ですか？」

まだ完全に失恋から立ち直ったわけではない京香が心配してしまうほど、青年の顔は蒼白《そうはく》だった。

「ええ。あの、靴が汚れているので、クリーニングをお願いできないでしょうか」

「承知いたしました。こちらの椅子にお掛けください」

青年は頷くと、ちらりと店の外を振り返ってから、京香についてきた。

「――本当に、大丈夫ですか？」

青年が、蒼《あお》い顔を左右に振る。

「実は最近、少し体調が悪くて――。すみません、何か飲み物をいただけますか？」

「はい。ではこちらの注文票に必要事項を記入してお待ちください」

青年が腰掛けるのを見届けると、ミニキッチンで黙々とコーヒーを淹れ、テーブルへと運んだ。青年が軽く頭を下げる。

顎の下辺りまで垂れ下がった少し茶色い髪が、青年の顔を縁取っている。大きな瞳は鳶色《とびいろ》で、今日のような薄曇りの日でも、透けて優しげに見えた。

とてもきれいな男の人だなと、京香はそこで初めて気がついた。

雄大が作業台から離れて、青年の真向かいに腰掛ける。京香もそっと椅子を引くと、黙って雄大の隣に座った。

「担当させていただきます、前園と申します。よろしくお願いいたします」

雄大が名刺を差し出した。天野は明後日《あさって》に納品予定の短靴をチェックしている最中で、「いらっしゃいませ」と一度言ったきり、作業に没頭している。

受付業務や簡単なクリーニングの手伝いなど、頼まれたことはきちんとこなせてはいる。表面上も元気に振る舞えてもいると思う。しかしこうしている間も、京香は自分が誰か他人の体の中に間借りでもしているようで、今ひとつ現実を生きている気がしない。起きることはすべて他人事で、見聞きすることは白黒の映画に似ている。雅也の裏切りにあって以来、味も匂いも感触も、薄まってしまったようだ。

青年がコーヒーを一口飲んで、苦そうに顔を歪めた。もしかして、一匙《ひとさじ》くらい余計に粉を入れてしまったかもしれない。

それにしても、青年の頬のげっそりとそげ落ちた様子はどうだろう。

青年が注文票への記入を終えて雄大へと手渡す。名前は徳永勇《とくながいさむ》。年齢は二十四歳だった。

「ではさっそく、靴を見せていただけますか」

「はい、これなんですが」

持ってきた紙袋からグレイの箱を取り出し、徳永が蓋を開けた。中からは、ダークブラウンのブローグが姿を現す。

──また、か。

最近、どういうわけかブローグの依頼が集中していた。修理の依頼が確か五足。それにハンドメイドのオーダーも二足入っている。

ブローグというのは縫い目部分に穴飾りを施してある靴の総称だ。ビジネスにもカジュアルにも使える人気の靴で、天野もたまに履いている。

持ち込まれたブローグは、つま先が僅かに反り返っていた。徳永は、おそらくシューキーパーを使っていないのだろう。型崩れしやすくなるし、この靴のようにつま先が反り返ってきて、せっかくの美観が崩れてしまう。

元はきっと、かなり端整なシェイプだったはずなのに、もったいない。

ごくり、と雄大が唾を飲む音が聞こえた。ブローグに手を伸ばし、胸元まで引き寄せる。

「これってビスポークシューズですよね。縫い目も機械みたいに精巧ですけど、ハンドソーンじゃないでしょうか。どこでお作りになったんです？」

雄大の声には、興奮が滲んでいた。

確かに、とても手作業とは思えないほど正確な、それでいて機械では対応できないような繊細なカーブを描くステッチングだ。

「え、ビスポークとか、ハンド何とかってなんですか？　この靴、何か変なんですか」

尋ねられた徳永のほうは、きょとんとして、とんちんかんな問いを返してくる。

「ビスポークシューズっていうのは、オーダーメイドの靴のことです。そしてハンドソーンウェルテッド製法は、ビスポークシューズの中でも、すべての工程を手縫いで行う製法のことなんです」

「ええとつまり、この靴はオーダーメイドの手縫いの靴っていうことですか」

「はい、そういうことです。この靴に変なところなんてないですよ。それどころか、日本に、ここまでできる人間が一人、二人いるかどうかの超絶技巧で作られてます」

ちらりと雄大が後ろを振り返る。そこには、こちらに背を向けて一心に革を磨いている天野の姿があった。雄大は、その超絶技巧の持ち主の一人が、天野だと言いたいのだろう。

「そんなにすごい靴だったんですか？　僕には、お店で売っている靴との違いがわからないんですけど――」

会話に興味をそそられたのか、天野が作業台から立ち上がってこちらへやってきた。靴の話題となると、なぜか集中していても、きちんと耳に入るらしい。

「手作りの靴と既成靴で、いちばんわかりやすい見分け方は、革の照りです。ハンドメイドの靴は、釣り込みといって、木型に革を沿わせる作業を行います。その際、革によく型がつくよう、この底へと向かうカーブの部分なんかをハンマーで馴染ませるんですよ」

「へえ、この辺りですか？」

「ええ。ほら、革に柔らかな照りがあるでしょう？」

「――そう言われれば、そうかもしれません」

「この照りが、既成靴にはないん――」

説明の途中で、天野の声が途絶えた。食い入るように、徳永の持ち込んだブローグを見ている。

「あ、申し訳ありません。そういえばこちら、店主の天野です」

雄大が、まだ、靴をまじまじと見ている天野の代わりに紹介した。

「ああ、この方が」

徳永が頷くと、ようやく天野が、再び言葉を発した。

「この靴をお作りになったのはいつです？」

「いや、ええと、あの——それ、靴のサイズが同じ友達から譲ってもらったんですけど」

「譲ってもらった⁉」

雄大が悲鳴をあげる。インナーを覗いていた天野は、ぴくりと眉を上げたが、すぐに元の表情に戻って尋ねた。

「これほど見事なハンドメイドの靴は、正直、中々お目にかかれません。一体ご友人はどこでこの靴を作られたんでしょう」

「さあ、まさかそこまですごい靴だとは思っていなかったので、詳しくは聞かなかったんです。いい品物の靴だということは、友人も言っていたんですが」

「品物がいいどころの話ではありません。これは——エリック・ノックの靴ですよ」

厳《おごそ》かに、天野が告げる。横から見ている京香には、天野の顔が、喜んでいるようにも、悔しがっているようにも見えた。

雄大が、がたりと椅子から立ち上がる。

「これがエリック・ノック⁉　きゃあ、僕、実物を初めて見ました」

徳永という依頼人がいることを瞬時に忘れてしまったらしい。ブローグを一足手に取ると、完全に子供の顔つきになっていた。

――エリック・ノック？

そういえばその名前を、雅也の口からも何度か聞いたような気もする。

ほんの半月前まで大切な相手だった男の顔が浮かんで、京香の胸がみしりと音をたてた。

「そのエリック・ノックって、誰ですか？　僕、すごくいい靴だって言われたから受け取ったんですけど、そんな名前は聞いたことがないです」

不満気な徳永に、天野が淡々と答える。

「エリック・ノックは生きた宝と言ってもいい靴職人です。名の知れたハイブランドの量産靴の百倍は価値があります」

この価値がわからない奴が履くくらいなら、自分が欲しい。言葉にこそ出さないが、天野の徳永を見つめる目はそう主張している。

「へえ、そんなに自慢できる靴なんですか」

「それはもう、通であればあるほど。エリック・ノックの靴なんて羨ましいですよ」

雄大が請け合う。

どうやら徳永は、そこそこ虚栄心の強い性格らしかった。通好みの靴だとわかって、ようやく機嫌を直したようだ。

「じゃあ、磨いたらもっと見栄えがしますか？」

「ええ、もちろん。今よりもっと高級感がでますよ」

満足気に頷く徳永に、天野が尋ねた。

「ちなみに履き心地はどうですか？　ご友人の足に合わせて作られた靴なら、たとえサイズが一緒でも多少の違和感があるのでは？」

「ああ、そういえば、少しですがキツイ感じはしますね」

「良かったら、クリーニングだけではなくて、履き心地も調整しませんか？」

「ええ、でも予算が——」

徳永がためらう。

「どうせエリック・ノックの靴を履くなら、気持ち良く履いていただきたいんです。予算ならクリーニング代だけで結構ですから」

天野がさらに修理を勧めた。こんなに熱心に訴える天野を、京香は見たことがない。そもそも、感情をわかりやすく表すことだってあまりないのだ。よほど、このエリック・ノックという職人に敬意を抱いているのだろう。

「つまり、タダで直してくれるってことでいいんですか」

頷く天野を見て、徳永が顔を輝かせた。

「だったら、ぜひお願いします」

天野は頷くと、さっそく徳永に向かって告げた。

「ただ、このブローグはかなりウェストラインを絞り込んであります。それに、この靴をオーダーしたご友人は、左右の脚の長さが少し違っていたようですね。とにかく一度履いていただいてもいいですか？」

「わかりました」

天野に促されて、徳永は入り口脇のスツールに腰掛けた。靴べらを使い、くだんのグローブの中に踵を沈めると、同時にポシュッと空気の抜ける音がした。そばにかがんでいた天野の一直線に揃った前髪が、かすかに揺れる。天野は片眉を上げたが、何も言わなかった。つま先部の余裕などを確かめながら、徳永に質問を投げかけていく。

京香も雄大と並んで、天野のフィッティングの様子を眺めた。

「足幅は問題ないようですね。まるで、ご自分のためにあつらえられた靴のようです。随分と幅の細い足をお持ちだ。ただ、右側のつま先部分がキツいのでは？」

「ええ。少し触っただけでわかるなんてすごいですね」

「先ほどインナーを見せていただいた時に、右側の土踏まずの部分に違和感がありました」

「どうして土踏まずに違和感があると、つま先がキツいってわかるんですか？」

「土踏まずがきちんとサポートされていないと、足がぺたりとつぶれて、つま先が前に出てしまうんですよ」

　徳永が、右足を見下ろして眉をひそめる。

「右だけキツいせいか、歩くとすぐに疲れちゃって。毎日履くようになってからは、偶然かもしれませんが、頭痛が増えたような気がします」

　聞いたことのない名前だとか何とか難癖をつけていたのに、徳永はこのブローグを毎日履いていたらしい。

　天野がさらにつづけた。

「それと、踵が大分擦れてしまったようですね。バランスが崩れると姿勢も悪くなりますし、人によっては肩こりや頭痛が起こることもありますよ。交換しますか？」

「え？──いや、ヒールはいいですよ。一番気になってるのはつま先なんで。ヒールはこのままにしておいてください」

「──そうですか？」

「ええ、そのヒールの風合い、気に入ってるんで、いじらないでほしいんです」

徳永のやや強い口調に、天野も諦めたようだ。

「わかりました。確かにヒール部分の削りも見事ですからね。長さや幅はあまり問題ないようなので、おそらくよりフィットした状態に持っていけると思います」

「よかった。ぜひお願いします」

徳永が柔らかく微笑むと、後ろにいくつもの薔薇の花が咲いたような気がした。大抵の女性なら夢中になりそうなその笑顔が、京香はなぜか気に入らなかった。

フィッティングが終わり徳永が帰った後も、天野は雄大と二人でエリック・ノックの靴を囲んで熱心に話し合っていた。二人とも、本当は見ているだけではなくて、全部解体したいというような顔をしている。

「左右の足がこんなに違うのに、ほとんど見た目にはわからないよう細かく設計されている。でもそうだとすると――」

一旦言葉を切ると、天野がブローグを目線の高さに持ってきて何かを考えはじめた。かと思えば、雄大がはしゃいだ声をあげる。

「僕だったら絶対、コバに歪みが出ちゃいますよ」

天野も、雄大に相づちを打った。

「どこをとっても見事です。――まあ、いくつか気になるところはありますがね」

「え？　何かこの靴に、傷んでいる以外に気になることってあります？」

「ええ、あります。ただ、雄大君もじっくり靴と会話すれば、わかるはずです」

「僕、やっぱりまだまだ全然だめですね。ねえ、みいちゃん」

　雄大がきのこ頭をゆらしながら、眉を八の字に下げる。そんな雄大を慰めるわけでもなく、天野は靴を見下ろして呟いた。

「一番気になることは、この靴が、少し徳永さんにフィットしすぎていることですが――」

「ああ、靴を買った友達とサイズが同じだって言ってたから、運がよかったんですかねえ」

京香はぼんやりと二人のやりとりを眺めながら、いつの間にか雅也のことを考えてしまっていた。

　ふと気がついたように、雄大が京香に話を振る。

「そうだ、京香さんも手に取ってみませんか？　エリック・ノックはやっぱり天才です」

言われるままに近づいてブローグを受け取ると、雄大の気遣わしげな表情に気がついた。無意識に、目を逸らす。

　雅也の一件以来、二人に気を遣わせていることはわかっている。玲子にいたっては、まるで子供に対するように京香のことを心配してくれていた。今朝も、もともと予定を入れてあった旅行に出かけるからと、まだ暗いうちから起きて二日分の夕食を細かくタッパーに分けて作り置きしてくれたのだ。

天野でさえ、掃除についてがみがみと言ってこない。

ちゃんと、あのことを話さなくちゃいけないのに――。

自分がこうして見守られていることに、感謝しなくてはと思う。皆の優しさに力を出して応えようとはするのだけれど、まだ自分のどこかに穴が空いていて、気力がしゅうっと音をたてて抜け出してしまうのだ。

「どうです？　ほとんど神業ですよねえ」

雄大の声に、はっと我に返る。意識を無理矢理、ブローグへと向けた。

「うん、すごくきれい」

改めて眺める靴は、確かに素晴らしい出来だった。素人目にはわからないかもしれないが、今、店に置いてある他のブローグと比べても、その仕上がりの差は歴然としている。

メダリオンと呼ばれるアッパー部分の穴飾りのセンスの良さ、ミシン縫いかと見紛う正確無比なステッチング、どの部分をとっても素晴らしいのだが、何といっても京香が目を奪われたのは全体のシェイプの美しさだ。無骨さとは無縁のほっそりとしたライン、土踏まず部分のくびれが、なんとも優雅だ。人間にたとえると細く儚げで、それでいて色香の漂う女性といったところだろうか。

一瞬、雅也の部屋から出てきて京香に会釈をしてみせた女の姿が浮かんできた。

あの人も、ほっそりとしたきれいな人だった。

そう考えると、靴を持っているだけで何だか具合が悪くなってくる。肩にずっしりと靴の重みがかかっている気がした。

「あのう、京香さん、大丈夫ですか」

雄大がおろおろとして顔を覗き込んできた。

「うん、全然大丈夫だから」

まだ心配そうにこちらを見ている雄大に靴を返すと、京香は自分の作業台に戻って、やりかけのクリーニングに手をつけた。何だか妙に肩が凝って、気分が悪い。雅也の部屋の玄関から頭を下げてきた、あの女の姿が頭の中から消えない。胸がむかむかして、吐きそうだ。

いつまで自分は、こんな気持ちを抱えていかなくてはいけないんだろう。もしかして、永遠にこの気持ちから解放されることはないんじゃないだろうか。

雅也はいない。もう、自分の人生から消えてしまった——。

久しぶりに泣きたくなって、京香は必死に涙を堪えながら靴を磨きつづけたのだった。

そうして事件は、次の日に起こった。

＊

「何、ちょっとこれ、どうしたの？」

翌朝出勤すると、コルドニエ・アマノの前にはパトカーが止まり、天野が制服の警官と話していた。見覚えのある近所の店の人たちが、何事かと遠巻きに眺めている。

「おはようございます」

天野が京香に気がついて、軽く手を上げた。

「おそらく窃盗です。といっても、木型も、製作途中の靴も無事でした。店の中がかなり滅茶苦茶に荒らされましたが」

整理整頓好きの天野には、耐えがたい出来事なのだろう。相変わらず淡々とした口調だったが、一瞬、語気が強まった。

「どうしてここに泥棒が？」

「――そのことで、京香さんに後でお聞きしたいことがあるんです」

天野が視線をこちらに向けた。珍しく、気遣わしげな瞳をしている。

京香とそう歳の変わらない刑事らしき男が、天野に近づいてきた。

「誰かこういうことをしそうな人間に、やはり心当たりはないんですね」

念を押すように尋ねる。

「ええ。先ほどもお話ししましたが、うちの店にとって一番大事なのは、顧客の足をかたどった木型です。でもそれらは全て、無事のようでした」

「なるほど。金目当ての犯人だとしたら、木型にはあまり興味がないでしょうね」

刑事は義務的な口調で請け合うと、手帳をぱたりと閉じた。どうやら、金目のものが目当てで押し入った強盗だと決めつけているらしい。

「それじゃあ、ちょっと山手署で被害届を出していただきます。我々はこのまま店内を捜査させてもらって、指紋なんかも取らせていただきます」

「今日の営業は、無理そうですか」

「まあ、そうですねえ。いずれにしても、これだけ荒らされちゃ、難しいんじゃないですか？」

刑事の視線につられて、京香も店内を覗き込む。

犯人は、あの古い入り口の扉を手荒なピッキングでこじ開けたらしい。だらしなく開いたドアの向こうでは、木型が散乱し、引き出しから何から乱暴に開けられたままになっていた。

「仕方がありません。それでは、捜査をお願いします」

刑事は天野の声に頷くと、店内へと入っていった。ちょうどそこへ雄大が、内股で、息を切らしながら駆けてくる。

「どうしちゃったんですか⁉ 店の中がぐちゃぐちゃ！」

「泥棒騒ぎです。うちがやられました」

「泥棒って――みいちゃん、みいちゃんは⁉」

店の中に飛び込もうとした雄大を、入り口に立っていた警官が押しとどめた。

「離してください！ みいちゃんの無事を確かめないと！」

キャアキャアと暴れる雄大は取りあえず警官に任せて、京香は天野に尋ね返した。

「私に聞きたいことって、何？」

「いえ、それは後で」

ちらりと周囲に視線を走らせる。刑事たちのいない場所で話したいのだと京香は察した。

雄大が、泣きべそをかいて戻ってくる。

「これだけかき回されてたら、何か盗まれてても気がつかないんじゃない？」

「そうですね。片付けながら、もう一度きちんとチェックしないと――」

すると雄大の背後から、ぬっと人影が現れた。目深に帽子を被《かぶ》りサングラスをかけている、どこか怪しげな男だ。

驚いて京香が後ずさると、人影は突然、陰鬱な声を発した。

「これは、窃盗なんかじゃありません。ポルターガイストだ」

まるで夏休みのホラー特番のような言葉に、京香は人影を凝視した。男は、昨日エリック・ノックの靴を預けていった青年、徳永だった。


徳永は、青白い顔で汽笛カフェのテーブルに座り、ぶるぶると震えていた。真上はエアコンだが、そんなに冷えるほどの風は吹き下ろしていない。

「それで、どういうことなんです？　ポルターガイストって」

雄大が尋ねた。天野は被害届の提出のために山手警察署に出向いていて、京香と雄大だけが話を聞いている。

徳永が、陰気な声で語りだした。

「たぶん昨日、僕が預けたあの靴のせいなんです。あの靴、何かが憑《つ》いているんですよ」

「憑いてるって、その、幽霊とか妖怪とかですか？」

頷く徳永の顔はあくまで真面目なもので、冗談を言っているようには見えない。雄大は口元に両手をあてて眉を下げた。しっぽを下げた犬も、よくこういう表情をしている。

雄大君、まさかポルターガイストなんて真に受けてるのかな？

ぼんやり店内を見回すと、強面《こわもて》の男と目があって慌てて逸らした。綾乃が運んできてくれたコーヒーを口に運ぶと、再び徳永がしゃべりだす。

「この間もチラッとお話はしましたが、最初はこの靴が発する違和感から始まったんです」

「それって確か、履き心地が左右で違うっていうあれですか？」

「ええ、それもありますが、何というか履くとすぐに疲れるし、気分が悪くなるんです」

「ああ、頭痛がするとかおっしゃっていましたね。お店にいらした時も、具合が悪そうだったし」

徳永が頷いてつづける。

「ええ。お店に行った日は手に持っていただけですが、それだけでも吐き気や目眩《めまい》まで起きたんですよ」

「でもそれって、風邪とか、貧血とか、何か他に原因は考えられないんですか？」

京香が尋ねると、徳永が暗い表情を向けてきた。

「いえ、靴を履くまで体調はとても良かったんです。まあ、体調の変化だけなら、僕も靴のせいだなんて思わなかったかもしれません。でも――」

「もしかして、まだ何か起こったんですか⁉」

雄大が、小さく叫ぶ。

「ええ。靴を譲ってもらってしばらくした頃です。部屋の中でも異変が起こりはじめたんです」

「もしかしてそれが――」

大きく唾を飲み込んだのか、雄大のきのこ頭が揺れる。

「夜中にガタゴトと音がしたり、その日の夕方に家に帰ると部屋の中がぐちゃぐちゃになっていたり――ポルターガイストのはじまりでした」

「ラップ音までするなんて――怖い！」

「ええ、これは危ないと僕も思いました」

熱を帯びてくる二人の会話に、さすがにばかばかしさが募ってくる。

「それって、ただ単に泥棒が入ったんじゃないんですか」

冷めた声を出す京香に、徳永がムッとしたように答えた。

「いいえ、あり得ません。家のアパート、ものすごいボロで、玄関やお風呂なんかも共同で使っているようなところなんです。泥棒に入ったら逆にお金を無心されそうなほどの安普請で、僕がまともな泥棒だったらまず狙いません」

「そうですか――」

「ただ、そういうところなんで、泥棒に入られなくても、同じアパート内に泥棒が住んでいる可能性もあるんです。前に一度、住人の一人がみんなの部屋から金目のものを盗んで夜逃げしちゃったことがあって」

ってていうか、ポルターガイストよりそっちのほうが怖いよ。

「なんだか、すごい住環境ですね」

「ええ。だから、財布とかあの靴みたいな高価なものは、抱えて寝て、出かける時も念入りに隠すようにしてるんです」

一体、そこは同じ日本なのだろうか。あまりに斬新な日常生活に、興味のなかった京香もつい話に釣り込まれてしまった。

ただし、と徳永は意味ありげに目を伏せたあとで、再び顔を上げた。

「そういう靴だから、抱えて寝たりすると、やっぱり気分が悪くなっちゃって——ポルターガイストがあってからはコインロッカーに預けてました」

「そこまでしたんですか⁉」

一見、普通の青年に見える徳永から次々とどこかズレた日常生活が語られて、京香は落ち着かない気分になった。

一体、徳永は何をやっている男なのだろう。この容姿でそのボロアパートということは、売れない舞台俳優でもやっているのか。雄大も同じ疑問を持ったようで、ちらちらと視線を京香に送ってきた。

「とはいえ、僕も確信はなかったんです。まさかあの靴に何か憑いてるなんて――でも今日、同じようにお店にもポルターガイストが起きたのを見て、確信しました。あの靴はやばい」

「もしかして、他の場所でも怪奇現象が起きるかどうかを確かめるために、あの靴をうちに持ち込んだんですか」

　雄大が尋ねると、徳永は気まずそうに頭を下げた。

「はい。本当は、クリーニングなんてどうでもよかったんです」

「あ！　そう言えば、京香さんもあのブローグを持った時、具合悪そうにしてましたよね」

　気味が悪そうに、雄大が京香に話を振った。

「まあ、そう言われれば。でもあれって、ブローグのせいっていうか――」

　あの女のことを思い出したせいだと思うんだけど、とはさすがに京香も言えなかった。

　そこへ、被害届を提出し終わった天野が、紙袋を抱えて合流してきた。

「天野さん、お疲れさまでした！　警察署なんて大変でしたね。強面の刑事さんとかに、第一発見者だからって疑われたりしなかったですか」

「雄大君、そんなに刑事ドラマばかり観る暇があったら、手縫いの訓練でもしたらどうです？」

さすがに少しくたびれた様子で天野が席に腰掛けた。天野の皮肉に慣れている雄大は、さほどへこたれた様子もなく、えへへと笑っている。

綾乃が、眉根を寄せてテーブルまでやってきた。

「大変だったわね。商店街のみんなも心配してたのよ」

「お騒がせしてすみません。後でみなさんには、ご挨拶に伺うつもりです」

メニュー表を軽く見た後で、天野は顔を上げて皆に言った。

「今日はもうお店に戻るのは無理そうですし、二人とも、アルコールでもどうですか。徳永さんもこんなことになってしまって納期も延びそうですし、よろしければご馳走させていただきたいのですが」

雄大は弱々しい声で答えた。

「せっかくですけど、僕、みいちゃんが心配で、とてもお酒を飲みたい気分じゃないです」

「――そうですか」

徳永のほうは、今さっき、こんなことになったのは自分の持ち込んだ靴のせいだと告白した割に、ちゃっかりと頷いた。流れで京香も「じゃあ、私も」と告げる。

オーダーを終えて飲み物を待つ間、雄大が例のポルターガイストについて天野にかいつまんで話した。ときどき、何か言いたげな表情を浮かべながらも、天野は黙って雄大の話を聞いている。やがて雄大が語り終えると、天野は軽くふんと息を吐いた。

「ポルターガイスト、ですか」

言ったきり、天野が考え込む。

「そういえば、僕の靴って、無事ですよね？」

「滅茶苦茶にひっくり返されていたので、確認しきれてはいないんですが、おそらく無事だと思います」

「そうですか」

安心したような徳永の顔に、京香はざらりとしたものを感じた。しかしその違和感の正体は見えてこない。

雄大が、怯えた声で徳永に尋ねた。

「もしもあのブローグがポルターガイストを起こしたんなら、呪われた靴ってことになりますよね？　譲ってくれたお友達は何か言ってなかったんですか？　その人なら、呪いに心当たりがあるかもしれないですよ」

徳永が「う〜ん」と軽く唸《うな》る。

「友人は何も言ってませんでした。もともと、そんなに深い付き合いの奴じゃなかったし。でも今思えば、そんなにいい靴を譲ってくれるなんて、友人も怖い目に遭ってて、誰かに押しつけたかったのかもしれない」

やがて綾乃が追加の飲み物を運んでくると、皆で軽くグラスを合わせた。

一口ビールを飲んだあと、徳永が恐る恐る尋ねる。

「ところで天野さんや前園さんは、何ともなかったんですか？　あの靴を触っても」

「ええ。僕は、ただただあの素晴らしい技術にうっとりしちゃって、いくらでも見ていたい気分でした。でも、もう、怖くて触れませんけど」

「天野さんは？」

徳永が天野に目を向ける。しかし天野は徳永の質問に答えず、逆に尋ね返した。

「あのブローグをまだ手元に置いておきたいですか？　どうやら、かなり嫌な目に遭ってお られるようですが」

一瞬、目を彷徨《さまよ》わせたあと、徳永が頷く。

「だってあれ、持ってると自慢になる靴なんですよね？」

「ええ。特に、靴に詳しい人であればあるほど、驚くでしょうね」

天野の口調に、ほんの少し皮肉が混じる。その価値を本当には理解していない徳永に、いらだっているのだろう。

「まあでも、そんないわくのある靴を預かってると、店のほうも大変じゃないの？」

酔って遠慮がなくなり、京香はずけずけと言った。徳永が恐縮して首を竦める。

「すみません。なんか、大変なことに巻き込んじゃったみたいで」

「でも、どうしてそんなにいい靴にこだわるんです？　もっと安くても、履きやすい靴ってきっと見つかると思うんですけど」

首を傾げた雄大に、徳永はしばらくためらったあとで、顔を赤くして答えた。

「好きな人が、できたんです。山手に住んでるお嬢さまで、合コンで知り合いました」

「ああ、そういうことなんですね」

返事を聞いた雄大が、訳知り顔で頷く。

「合コンと靴になんの関係が？」

京香が尋ねると、徳永はいよいよ顔を赤くする。雄大が徳永の代わりに答えた。

「だって、男だったら、相手の女の子にふさわしい相手でいたいって思うじゃないですか」

「僕みたいなやつが普通に合コンしても、女の子は引いちゃうんです。お金なんて関係ないって言うけど、女の人はお金を持ってる男が好きだから」

まあ、確かにそういう傾向はあるかもしれないけど。

その場にいた唯一の女性である京香が特に反論しないのを見て、徳永が話をつづけた。

「だから、合コンの時、同じアパートの住人から高級車やら高いスーツやらを借りて、やり手のベンチャーの社長っていうのを装って参加したんです」

ボロアパートに住んでいる住人が、どうしてそんな豪華な車やスーツを都合できるのだろうか。話を聞けば聞くほど謎の多い生活だけれど、何となく深くは知らないほうがいいような気がした。

「それで、その山手のお嬢様とデートにこぎつけたんですか？」

雄大は合コンのほうに気が行っているらしく、特に疑問には思わなかったようだ。天野はちらりと京香のほうを見たが、何も言わずに目を逸らした。

「ええ。彼女はすっかり、僕のことをＩＴ社長だと思い込んでます。でも、いつまでも嘘が通じるなんて思ってません。あと一度だけ、一度だけでいいから、彼女とデートしたいんです。だから——あの靴を修理してください」

雄大は、徳永の手を握って言う。

「いい話ですねえ。僕、なんだかぐっときちゃいました」

冷静に考えると特にいい話でもない徳永の打ち明け話に、いたく感動している様子だ。

逆に京香のほうは、ますます気持ちが冷めてしまった。徳永の容姿や魅力があれば、いくらでも女性が寄ってきそうな気がする。それなのに、敢えて嘘をついて相手の女性に近づこうとする態度が気にくわない。

酔いも手伝って、少し意地悪な気持ちでぽろりと呟いた。

「それにしてもポルターガイストなんて、ほんとにあるのかなあ」

「やっぱり、実際に間近で体験しないと信じていただけませんよね」

徳永が、しょんぼりと肩を落とす。

雄大は熱心に言った。

「僕は、信じますよ。だって、お店もあんなふうになっちゃったんだし」

天野は、さっきから黙って何かを考え込んでいるようだ。

雄大と徳永は、こちらのことは放って山手のお嬢様の恋バナで盛り上がっている。

京香の頭は、しんと冷めていた。

恋だの愛だの、なんだっていうのよ。男だったら、素のままの自分で勝負しなさいよ。私はいつだって、そうしてきたのに。雅也に対して、どこまでも真っ直ぐに接してきたつもりだったのに。

どんとテーブルにジョッキを置いた京香を、天野が一瞬、咎めるように見つめた。

*

翌日の朝早くから、天野と雄大、京香は店に集合した。一日で店の片付けをして、明日からは営業を再開することになっている。

「おっす、悪い悪い。ちょっと遅れちまった」

牛久が、のっそりと店に入ってくる。話を聞いて、手伝いに駆けつけてくれたのだ。

「なんか、店の周りに柄の悪い連中がいたんだが、ありゃなんだ？」

「へ？　そんな人、いました？　僕が来た時は誰も見ませんでしたけど」

雄大が首を傾げる。京香も特に誰も見かけなかった。

「なんだ、じゃあ、たまたまか？　最近、山手のほうで窃盗事件がちょこちょこ起きてるらしいから気をつけろよ――まあ、若干、警告するのが遅かったか」

牛久は苦笑いすると、京香にケーキを手土産だと渡してきた。それとなく、京香が彼氏と別れた事情を聞いていたのかもしれない。

「この間のデザインの話も、天野に俺から話をつけるからさ」

励ますように、こっそりと京香に耳打ちする。いつの間にか、レース店の店主だけではなく、商店街の会長である花香からも、パンプスの注文を取り付けてくれたらしい。

「ありがとうございます」

小さく礼を言うと、天野がいぶかしげにこちらを見ていたため、慌てて牛久と離れた。

それから四人で必死で作業をしたが、いつも通りの店内に戻ったのは夕方になってからだった。木型の下に転がっていたみいちゃんも無事に救出され、雄大のデスクの上で満足気に佇んでいる。

四人で作業テーブルを囲み、一息ついた。京香が肩を軽く揉んでみると、ばきばきに硬くなっている。

コーヒーを飲みながら、天野が白い紙袋から例のブローグを取り出してきて、牛久にも見せた。いつの間にか、ちゃんと見つけていたらしい。

「おお、こりゃあ確かに見事な出来だな」

「すごいですよね。人の手技はここまで行けるのかと圧倒されました」

雄大は、「きゃっ」と短く叫んで、気味悪そうに眺めている。

「お前これ、本当に解体するつもりなのか？　まあ、お前なら復元できるとは思うが」

「ええ、右足の土踏まずの部分を少し見てみたいんです。当然、今の私だと、このクオリティで再現することはできないんですが――。そこは、タダで修理するってことで、納得してもらいました」

「徳永さん、むしろタダって聞いて嬉しそうだったしね」

京香の言葉に、天野は淡々と答える。

「エリック・ノックを解体できるなんて、本当はこちらがお金を払ってもいいくらいです」

「そのブログ、今夜もここに置いておくんですか。またポルターガイストとか起こったら、どうするんです？」

雄大がブログを遠巻きにしながら尋ねた。よほど怯えているらしい。

天野が、いつもの冷たい眼差しを雄大に向けた。片付けに手間取ったせいで、前髪が乱れているのがレアな光景だ。

「雄大君、まさか信じていたんですか？　ポルターガイストなんて」

「だって、実際にここだって、滅茶苦茶になったじゃないですか」

「っていうか、天野さんは信じてなかったわけ？」

京香も天野に対して突っ込む。すると天野は、しれっと告げた。

「このブログ、昨日の夜は、店にありませんでしたから」

「――はあ⁉」

思わず雄大といっしょに、マヌケな声をあげてしまった。

「なんだ、ポルターガイスト⁉」

目を白黒させている牛久を放って、天野が話しはじめた。

「実は昨日、ブローグを家でもゆっくり眺めようと思って持ち帰ったんです。だから、この靴がポルターガイストの原因だとすれば、私の家で起きなくてはおかしいでしょう?」

そういえば、天野がブローグを取り出した紙袋は、昨日の朝からずっと天野が手に持っていたものと同じだった。

知ってたんだ、ずっと。ポルターガイストなんてないってこと。

それなのに、どうして天野は徳永に何も言わなかったんだろう。それに昨日の朝、あの靴は無事だったのかと尋ねる徳永に対して、確かめないとわからないなどと、曖昧な答えを返していた。

一体、どうして?

理由を尋ねようと口を開きかけると、雄大が拗ねたように口を尖らせた。

「そんなのわかんないじゃないですか。靴から憑いてるものが離れて、この店に残ったのかもしれないし」

天野は、スイッチが入ったように、淡々と雄大に説教をはじめた。

「日頃から言ってるでしょう? もっと靴の声を聞きなさいと。答えは全部、この靴の中に詰まってるんですよ。おそらく今回の場合は、特にね」

ブローグを持ち上げて、天野がふんと鼻で息を吐く。

「っていうことは、天野さん、ポルターガイストの正体が何かわかったんですか」

雄大が椅子を引いて立ち上がった。ぐっと靴に身を寄せて眺めている。

「ですから、ポルターガイストなどありません。もう少し靴の声を聞いたあと、このブローグを徹夜で解体します。おそらく、すべてが、明らかになりますよ」

「うわあ、僕も立ち会っていいですか」

「事情はよくわからんけど、面白そうだな。俺も残るぞ」

牛久が豪快に笑う。

「で、京香さんはどうします？」雄大が尋ねると、皆が京香のほうを見た。

「私は――」断る前に、牛久が口を開く。

「京香ちゃんも残ったらどうだ？　妹さん、今日、いないんだろ」

「――なんで知ってるんですか」

「いや、なんか、天野のところに連絡が――」

「牛久さん！」苦い顔つきで、天野が牛久をたしなめた。どうやら玲子は、天野に連絡していたらしい。

「そうですよ。一人でお家にいるなんて寂しいじゃないですか。いっしょに残りましょうよ。ね、京香さん」

「え、まあ、うん――」

皆の心配に、急には素直になれずに、口ごもってしまう。

玲子ったら、どこまで過保護なのよ。

天野は、はっきりと返事をしない京香を無視して皆に告げた。

「それでは、四人とも残るということで。作業が遅れた分も、今日は働きましょう」

こうして、なしくずし的に京香もその場に残ることになってしまった。片付けに疲れ切って反抗する気力もなく、作業台へと戻る。

靴のクリーニングをしながら、ぼんやりと考えた。

ポルターガイストの正体が、あのブローグの中にある？　一体、どういうことなんだろう？

気がつくと、まったく興味のないはずだったその真相が頭から離れなくなっていた。


小雨がぱらついている。

夜更けの静けさが、店の中にも侵食してくるようだった。午前二時。いわゆる丑三《うしみ》つ時を迎えた店内で、天野はエリック・ノックのブローグを手に取った。

今日は徹夜だと張り切っていた牛久は早々に船を漕いでいるし、雄大は目をしばしばとさせている。神経が冴えているのか眠気を感じない京香は、作業を見ようと天野の隣に椅子を移動させた。そばに来たのは、そのためだけではない。

雄大君が眠ってしまったら、今夜こそ、あのことをきちんと話そう。

やや緊張しながら、タイミングを計る。

「本当にすごいですよ、この正確なステッチング。多分、〇・一ミリもずれていませんね」

天野が大きくため息をついた。額には細かな汗の粒が浮いている。

「手縫いじゃなくて、ミシンか何かを使ったんじゃないの？」

「いえ、エリック・ノックはすべてを手縫いで行う職人です。もっとも彼が一番こだわっているのは木型ですが」

ちらりと雄大に目をやると、もう完全に作業台につっぷしている。牛久も完全に寝入っているようだ。話すなら、今だ。

京香は一段、声を潜めた。

「あの、さ。いつかちゃんと話そうと思ってたんだけど――」

「昨日、聞きかけたことですが――」

二人が話しだしたのは、同時だった。ぴくりと天野の片眉が上がり、ゆっくりとこちらに顔を向ける。

「何です？」

「え、いや、そっちからどうぞ」

つい弱気になって天野に譲ろうとしたけれど、天野はこちらをじっと見つめている。

覚悟を決めて、京香は話し出した。

「一度、雅也が元町まで私に会いに来たことがあったでしょう？　その時に、私、雅也に頼まれたことがあるの」

「――何を頼まれたんです？」

天野の顔が、一瞬、暗い凄みを帯びる。京香の背筋が硬くなった。

「デッサンノートを、探してほしいって。自分が昔、その、盗まれたものだからって」

雅也に裏切られた今、もはやこの話も信じてはいなかった。むしろ、なぜあんな話を真に受けたのかわからない。

「――そうですか」

「うちに来てくれた時、私のこと、何か魂胆があって店にやってきたんじゃないってか疑ってたって言ってたでしょう？　だから、その疑惑は、当たってたの。私、天野さんのデッサンノートを探そうとしてた。ごめんなさい」

頭を下げると、ふんと鼻から息を吐く音がした。

「騙されていたなら、謝る必要はありません。こんな言い方をするのは気が引けますが、あなたが振られた時点で、私の疑いも解けましたから」

「ただ単に利用されていただけ、だったんだよね、私」

認めたくはないけれど、おそらくそういうことだったのだろう。何らかの理由で、雅也はこの店にあるというデッサンノートを手に入れるために、京香をここに送り込んだのだ。

天野が重い口を開いた。

「雅也と私は、同じ美大に通っていました。その頃、雅也の考えるデザインが、私が提出しようとしていたものとそっくり同じということが良くありました」

「――じゃあ、デザインを盗んだのは雅也のほうだったの⁉」

男としては最低かもしれないが、雅也は、デザイナーとしては優秀な男だ。仕事にプライドも持っている。その雅也が――？　にわかには信じられない。

「それに、携わっている新規プロジェクトで、私に協力してほしいと何度もオファーがありました。断りつづけているうちに、できないなら、京香さんを店に置いてくれという話になったんです」

「そんないきさつがあったから、私にあんな態度を？」

「——ええ」

ただそうだとすると、一つ、腑《ふ》に落ちない点がある。

「それじゃあ、どうして私を置くことを承知したの？　友達っていうより敵じゃない。断れば済む話でしょう？」

天野が珍しく、言葉に詰まった。ややあって、少し掠れた声が返ってくる。

「それは、すみませんが、言いたくありません」

沈黙がつづく。

天野は本当に、それ以上のことを語るつもりはないらしかった。しかし、京香のほうに次次と疑問が浮かんでくる。

「ねえ、学生時代にデザインを雅也に盗まれたってことは、昔は天野さんもデザインをしてたってことだよね？　どうして今は全然——」

「ノーコメントです」

天野が京香を遮る。頑なな横顔に、思わずため息が出た。

「じゃあ、最後に一つだけ。朝、何か聞きたいことがあるって言ってなかった？」

「知りたかったことは今、京香さんの口から聞きました。何か、雅也から頼まれていなかったか、それが知りたかったんです」

荒らされた店内、探せと言われたデッサンノート。まさか——。

「店を荒らしたのは、雅也じゃないかって疑ってるの!?」

小さく叫ぶと、天野が首を振った。

「昨日、ポルターガイスト云々《うんぬん》という話を聞くまでは疑っていました。でも、今は違います」

京香の頭の中で、ゆっくりと疑惑が確信に変わる。

「やっぱり、雅也が狙うような何かが、ここにはあるってことだよね？　それって、デッサンノートなの？」

天野が落ち着きなく前髪をいじりだした。どうやらうまく追い詰めたらしい。

「ノーコメントです。それより、今はポルターガイストの謎を解くほうが先です」

「そんなこと、私にはどうでもいい」

「どうでも良くありません。これには多分、犯罪が絡んでいるんですよ」

「犯罪!?　どういうこと？」

天野がため息をつく。

「京香さんも雄大君も、もう少し自分で考える癖をつけてください。私ではなく、靴に聞くんですよ。大切なことは、靴がすべて教えてくれます」

そんなこと言われたって、ポルターガイストとか犯罪とか、まったくわかんないし——。

天野が作業台に向き直って、再びエリック・ノックの靴を手に取った。

「もったいぶってないで教えてよ。そういう態度、モテないと思うよ——天野さん？」

ぶつぶつと、天野の呟く声が聞こえた。

あ〜あ、この間と同じだ。

並外れた集中力を発揮して、この靴の秘密に迫っているのだ。これを、普通の人間にもやれと言うのだから呆れてしまう。

「土踏まず……踵……サイズ感……やはりそうだったんですね」

ふっと息を吐いて、天野が顔を上げた。

「靴の声が、聞こえました」

「ほんと!?」

「ええ。京香さんも、何か気がつくことはありませんか」

「そう言われても——」

改めてブローグを眺めてみる。

さあ、私にも教えて。あなたが、どんな秘密を持っているのか。

上下左右からじっくりとブローグを眺めているうちに、京香にも気になる点が出てきた。

まだほどかれていないほんの一センチほどの区間、縫い目が若干、粗いように見えるのだ。

「ここから先のステッチング、少し乱れてない？」

「ほう。よくそっちに気がつきましたね」

天野が意外そうに頷いた。粗いといっても、手縫いの技術はきちんとしていて、素人目にはわからない程度だろう。むしろ、その職人の癖のようなものと言ってもいいかもしれない。しかし、エリック・ノックのピッチがあまりにも完成されているため、その癖が浮きあがって見えてしまうのだ。

「ここに多分、何かあるんです。でもそっちはとりあえず後です。ポルターガイストの正体を先に見てみましょう」

天野は右足のブローグを置くと、左足のブローグを手に取って裏返した。おもむろに、踵のゴム底部分を剝がしはじめる。

「ちょっと、踵は風合いを気に入ってるからいじらないでくれって、徳永さんが――」

「風合い？　エリック・ノックの靴の価値もわからないのに、風合いを気に入ってるなんて、おかしいと思わなかったんですか？」

「でも、あんなに言ってたのに」

非難混じりの視線を向けると、天野は京香に踵部分を突き出してきた。

「ちゃんと、よく見てください」

しかし、いくら見つめても、京香の目にはただの踵にしか見えない。多少古びてはいるが、それは経年のせいではないだろうか。

「それでは、こっちと比べてみたらどうです？」

今度は右足のブローグと並べてみせる。

「――あれ、もしかして素材が違うの？　高さも差があるかも」

「やっとわかりましたか。左右の履き心地が微妙に違うのはそのせいもあると思います。うまく似せてありますが、左足のヒールリフトは牛革じゃなくてレザーボードを使ってあるんですよ」

「こんないい靴に、レザーボードって――」

一般的に、高級靴の踵は、牛革を積み上げて作られている。

レザーボードというのは、積み上げに使う素材の一種で、屑革を樹脂などを使って圧縮固化させた成型材のことだ。ただし、安価な量産靴に使用される素材で、手縫いの高級靴ではほとんど見かけない。

「左足の踵はあとから別のを付けたんでしょう。おそらくこの中に、秘密が隠されています」

容赦なく、天野がゴム素材を再び剝がしていく。そうして、踵の中に親指と人差し指を突っ込んだ。

「中に穴が空いてるの⁉」

「ビンゴのようです」

天野が表情を変えずに、中から綿の塊をつまみ出してくる。

「それって――」

天野が綿を指で開いていった。すると中から、大粒の石が転がり出てきた。

「どうやら、ただの色の付いた石ではないようですね」

真っ青にきらめくこの石は、サファイヤだろうか。

「でも、なんでこんなところに」

「さあ、わかりません。でも、これがポルターガイストの正体ですよ」

天野が石をつまんで、照明に透かしてみせる。サファイヤは、天野の指の間で、ミステリアスに光を反射した。その輝きを見つめているうちに、京香の頭の中にも、ぼんやりと真相が浮かび上がってくる。

「ってことは、うちの店が荒らされたのは、やっぱりポルターガイストでも雅也の差し金でもなくて、この宝石が隠されてることを知っている誰かが、盗みに来たってこと」

「そういうことです。しかしおそらく、似たようなブローグがたくさんあって、探すのに手間取ってしまったんでしょうね。私だったら全部持ち帰りますが、もしかして素人目には、ブローグもバルモラルもブラッチャーも、見分けが付かなかったのかもしれません」

　確かに、店内に保管してある靴をすべて持ち帰るのは不可能だ。トラックか何かで横付けするなら別だが——。

「おまけに全部持ち帰ったとしても、そこにお目当てのブローグは入っていなかったんでしょ？　だって、天野さんが家に持って帰ってたんだもんね」

「そういうことです」

　天野が、僅かに人の悪そうな笑みを浮かべた。

「でも、どうしてポルターガイストだって騒いでる徳永さんに、持って帰ってたってことを教えてあげなかったのよ」

　口を尖らせて言うと、天野が出来の悪い生徒を見守る教師の目を向けてきた。

「京香さん、忘れたんですか？　踵をいじらないでくれって言ったのは、徳永さんですよ」

　そこまで言われて、ようやく京香も気がつく。

「ってことは、徳永さんはここに宝石が入っているのを知ってたの？」

「ええ、多分」

　おそらく正当な手段で手に入れられた宝石ではないのだろう。そして徳永は、この宝石が自分の靴の踵に隠されていることを、きちんと認識していた。むしろ、隠したのは徳永自身である可能性が高い。

いずれにしても、ポルターガイストだなんて、ぬけぬけと嘘をついていたんだ。

ようやく京香は、先日感じた、ざらりとした違和感の正体に突き当たった。

本当に徳永がポルターガイストについて信じているならば、あの靴が無事かどうかを気にするはずがない。それは、ポルターガイストを起こした当の幽霊が、怪我をしていないかどうかを心配するようなものだ。

ヒントは目の前にぶら下がっていたのに、まんまと騙された！

悔しがっている京香をよそに、天野は左のブローグを再び作業台に置いた。代わりに、右のブローグを手に取って糸を引き抜きはじめた。慎重に作業を進める天野に尋ねる。

「ねえ、そういえば昨日、徳永さんの足が、この靴に合いすぎてるとかなんとか言ってなかった？」

「ああ、よく覚えていましたね」

糸を引き抜きながら、天野が頷いた。

「この靴は、巧妙に左右対称に見えるように作られていますが、実は脚の長さも、足の全長も違う履き主に合わせて、さまざまに工夫がなされています。それでも右前足の部分が多少キツイくらいだというのが、いかにも不自然だったんですよ」

こちらに顔を向けて、天野がつづける。

「彼が靴べらで靴を履いた時に、ポシュッと音がしたでしょう。あれは、ジャストフィットしている靴にしか聞かれない音ですから」

「つまり、もともとこの靴は、徳永のために作られたって考えるほうが自然だってこと？」

頷きながら、天野がさらに靴の縫い糸をほどいていく。

——ここに、多分、何かあるんです。

天野は先ほど、そんなふうに言った。一体、何が出てくるのだろう。

知らずに、見つめる肩に力が入ってしまう。やがて土踏まずの部分まで糸をほどき終わると、天野は静かに中底をめくった。

「ねえ、何かあったの？」

話し掛けても、じっと中を覗いたまま、天野は沈黙している。

「ねえってば、早く教えてよ」

さらに尋ねても、天野は何も答えなかった。それからたっぷり五秒ほど黙ったあとで、ようやく引きつった顔を京香に向けてきた。

「さすがの私も、これはちょっと」

「何？　また宝石でも入ってたの？」

「いいえ」

天野は、京香にも見えやすいようにブローグの中底をめくって見せた。おそるおそる、京香も覗き込む。

「何、これ？」

土踏まずの部分には、何か白い紙が入っていた。紙は、人の形をしている。そして徳永勇という名前が、紙の上に墨で書かれていた。他にも複雑な図柄や文字が書かれているが、意味がわからない。

「多分、呪いの人形です」

よく見ると、墨文字には呪うという文字も確かに見える。

認識した途端に強い目眩と頭痛に襲われて、京香は思わずうなり声を発しながらブローグから離れたのだった。

＊

明け方も近くなった頃、天野は警察に連絡した。すると、十分もたたずに、刑事が店までやってきた。

「え、もういらしたんですか!?」

雄大が驚いている。一昨日、窃盗の現場に来た刑事とは別の顔だ。しかし、京香はその顔に見覚えがあった。

「あれ、もしかしてこの間、汽笛カフェにいなかったですか？」

刑事が悪びれもせずに答える。

「すいませんね。実はこの間から、張り込んでたんですよ」

もしかして、牛久が見た柄の悪い男というのも、この刑事のことだったのかもしれない。

強面のその刑事は、表情も変えずに、意外なニュースを告げた。

「この靴を持ち込んできたのは、この男じゃないですか？」

そう言って差し出されたのは、徳永の写真だった。お尋ねものの結婚詐欺師なのだという。

その他にも盗品の横流しやら小さな窃盗など、小悪党のやりそうなことなら、すべて手を染めているのだそうだ。

「嘘ですよね!? そんなことをするような人には――。いい人そうだったし」

雄大が刑事に向かって首を振ると、刑事が薄く笑った。

「本当の悪人は、悪人に見えないいんですよ」

確かに、正義の味方のはずのこちらの刑事のほうが、徳永より余程悪そうに見える。

「ポルターガイストだの何だのと言ってあなた方を騙そうとしたかもしれませんが、この宝石も、徳永が処理に困ってこの店を隠し場所にしたんでしょう。どうやら仕入れた先と、といってももちろん犯罪者ですが、トラブルになっていたようでしてね」

「そういえば、彼がお店に来た時、何だか店の外を気にしているようでした。あれは、誰か追ってこないか見てたんですかね」

「大方、我々か、それともトラブルになっていた相手を気にしていたんでしょうな」

一昨日の朝、店の前に現れた時にマスクとサングラスで変装していたのは、警察を警戒していたからだったんだ。

もっとも、警察はちゃんと気がついていたようだが――。

「徳永の行方は今追っていますが、捕まるのも時間の問題でしょう。昨日、この店に忍び込んだ奴も、もう大体の見当はついてるんで、まずはご安心ください」

証拠のブローグを持って刑事が去っていくのを、三人で呆然と見送った。

「天野さん、もしかして、徳永さんが結婚詐欺師だって見抜いてたんですか？」

雄大が尋ねるのを、天野が否定した。

「まさか。私にわかるのは、靴が教えてくれることだけです。ポルターガイストなんて真っ赤な嘘で、靴に何か秘密が隠されていそうだっていうことしかわかりませんでしたよ。ただ、呪いにかかってたっていうのは、本当かもしれないですけどね」

例の紙人形は、顧客の一人である住職に、さっそく今朝引き取って供養してもらうことにした、と天野は言った。

「警察には渡さなかったの!?」

「まあ、捜査には関係ないでしょうし。お坊さんによると、どうやら、男を恨む女の怨念《おんねん》が込められてたそうですよ。あの靴、やはり友達から貰ったなんていうのは嘘で、徳永に騙された女の人が復讐のために贈ったんじゃないですかね」

「騙したのね、とか責めるんじゃなくて、騙されたふりをしたまま、こっそり呪いのかかった靴を贈ったってことですか？」

雄大が、おそるおそる尋ねる。

「本当に推測ですが、それほど外れていない気がしますね」

男が、自分を騙していると知った。その女は、すぐに徳永を責めることはせずに、ハンドメイドの高級靴をプレゼントするとでも言って、徳永に足のサイズを測らせたのだろうか。それとも、以前に贈った靴を修理してあげると持ち帰り、あの紙人形を細工して入れたのかもしれない。

徳永に同情はできないけれど、女の執念も恐ろしい。

しかしそうだとしたら、なぜ自分までも、あの靴を持った途端に具合が悪くなったのだろう。特に霊感が強いわけでもないし、京香以外は、あの靴を持っても具合など悪くならなかったのに――。

もしかして、雅也への恨みのようなものが自分の中にも潜んでいて、その想いをあの紙人形が増幅させたのではないだろうか。深い心の奥底に、自分でもコントロールできないドロドロした感情が渦巻いているように思えて、京香は思わず顔を伏せた。

目を覚ました牛久が、大きく伸びをしながら近づいてくる。

「まあ、その女の人も、案外今は幸せなんじゃないのか？　一旦ふっきると、女はさっぱりしてるからなあ」

「そうそう。本当に、男とは別の生き物ですね。ねえ、みいちゃん？」

――もしかして、慰めてくれてる？

ゆっくりと顔を上げた京香に、雄大が明るい声で尋ねてきた。

「朝のコーヒーでも淹れますか。あ、もう、ホットじゃなくてアイスにします？」

気がつけば、梅雨ももうすぐ終わりだ。いつの間にか、夏がやってこようとしている。時間は確実に流れているのだ。

ああ、私、振られたんだなあ。

突然、まっすぐにそう思えた。ごたごたに巻き込まれて気ぜわしかったせいか、何だか少し、すっきりした気分だ。

天野にうやむやにされた雅也との秘密のことは、ちょっともやもやするけれど。

窓の外を見るとちょうど梅雨の晴れ間で、モノクロだったはずの世界に、夏に向かう空の青が鮮やかに差し込んできた。

SHOES 5

覚悟のフラットシューズ

「お姉ちゃん、今、お店って忙しい？」

お盆も近づいてきた八月のある土曜日の夜、玲子は、京香の部屋の中を覗き込んだ。片手にはスマホを握っている。

「うん、ぼちぼちね。でも特別忙しいっていうわけでもないよ。どうして？」

つい今しがたまで見入っていたらしいパンプスから顔を上げて、京香が玲子を見た。一時期、げっそりと痩けてしまった頬は大分元に戻り、荒れていた肌もつやを取り戻しつつある。以前と変わらないくらい食べるようになったし、リビングで泣きながら酔いつぶれていることもなくなった。

「お姉ちゃん、またハマナカ・ヒールを眺めてにやにやしてたの？」

「え？　うん。目の保養にね」

うっとりとした顔で京香が目線を戻した先には、黒いハマナカ・ヒールが、つま先を左右につんと向けて佇んでいた。玲子にはよくわからないけれど、姉はこの一足を眺めているだけで心身が回復するらしい。

今も、鼻の頭に汗の玉が浮かんでいることにも気がつかず、ただひたすら、ハマナカ・ヒールに見とれていたようだ。

さすが、靴屋の娘ではある。もっとも、同じ商店街の靴屋の娘でも、玲子のほうは靴というものに強い思い入れがない。玲子が物心つく前に、実家はもう靴屋をたたんでしまっていたから、ほとんど店の記憶がないのだ。

「で、どうしたの？」

「ああ、ごめんごめん。実は会社で仲のいい友達が、持ってるパンプスのことで相談があるから、お姉ちゃんのお店を紹介してくれないかって」

「へえ、そうなんだ。まあ、時間は全然取れると思うけど――」

京香がその先を言いよどんだ。

「どうしたの？　何か都合の悪いことでもある？」

「う～ん、ここのところ、いつにも増して天野さんがテンション低いっていうか、不機嫌っていうか。あんまり仕事も進んでないみたいで。せっかく依頼してくれても、時間がかかっちゃうかも」

「へえ、そうなんだ。天野さん、何かあったの？」

大抵のことには動じなさそうな、飄々《ひょうひょう》とした天野の顔が思い浮かんでくる。

「さあ。気難しいところがあるから、職人のスランプかなとか思ってたんだけど」

「そっか。靴職人の世界も、いろいろと大変なんだ。じゃあ、今回は遠慮しておいたほうがいいかな」

「ううん。相談するだけならタダだから、一度話しに来て。天野さんもいい気分転換になるかもだし」

ついこの間まで青白い顔で落ち込んでいた姉なのに、今は他人の心配をしている。嬉しいのと同時に少しおかしくて、玲子は微笑んでしまいそうになるのを必死で堪えた。

「じゃあ、明日の日曜日の午後とかは？」

「うん。ええと、確か二時にお客様がいらっしゃるから、余裕を見て四時過ぎ以降だったら確実に大丈夫」

「ありがとう。これから連絡して時間の都合が合えば、中谷絵梨佳《なかたにえりか》って子が行くから、よろしくね」

「はあい」

部屋の扉を閉めると、ようやく玲子は頬を緩めた。

お姉ちゃんが元気になってくれて、本当に良かった。あとは、絵梨佳だ。

眉を八の字に下げて、玲子は絵梨佳にメールを打ちはじめた。

明けて日曜日、京香は作業台にデッサンノートを広げて、レース店のオーナーである緒方《おがた》の孫のために、パンプスをデザインしていた。

牛久がどう話をつけてくれたのか、京香は正式に、コルドニエ・アマノでデザインすることを許されたのだ。

「ただし、履き心地をあまりにも無視したデザインは受け入れませんよ」

天野は苦い顔をしていたが、顧客のＯＫが出たら、天野と雄大が協力して作ってくれることになった。

――といっても、できあがるのは二年先だけどね。

相変わらず、店へのオーダーは引きも切らないらしい。今日も、ぽつぽつと訪れるお客の対応をこなしながらデザインをしているうちに、いつの間にか夕方になってしまった。そろそろ空が染まる頃だ。閉店も間際のこの時間に、店の扉が開いた。クーラーの利いた店内に、夏の熱気が押し寄せてくる。

「ごめんください」

柔和に響く声で入ってきたのは、いかにも大和撫子《やまとなでしこ》といった雰囲気の色の白い女性だ。

「いらっしゃいませ」

京香が立ち上がると、親しげな笑顔を向けてきた。

「あ、もしかして――玲子の？」

「はい。はじめまして。妹さんにご紹介いただいた中谷絵梨佳と申します」

丁寧に頭を下げられ、京香も慌ててお辞儀を返す。

絵梨佳をテーブルまで案内すると、コーヒーを淹れるためにミニキッチンへと向かった。

雄大は汽笛カフェに出かけているから、店内には京香と、相変わらず不機嫌そうな様子の天野しかいない。

「いらっしゃいませ。店主の天野です」

天野が作業を中断してテーブルにつく声が、ミニキッチンまで聞こえてきた。いつもなら声を掛けても気がつかないくらい作業に没頭しているのに、ここ最近の天野はどこか上の空だ。今も、絵梨佳が来たことにすぐに気がついたのだろう。京香がアイスコーヒーをお盆に載せて運ぶ頃には、すでに絵梨佳の対面に腰掛けていた。京香も天野の隣に座る。

「お忙しい時に、無理をお願いして申し訳ありません」

絵梨佳が頭を下げた。

秘書課というのは人と接する機会も多いのだろうか。落ち着いたしっかりとした態度は、こちらに安心感を与えるものだった。

それに、何だかきれいな子――。

芸能界にいるような華やかな顔立ちではないかもしれないが、目元は涼やかで声が耳に心地よく響く。

「それで、ご相談というのは？」

天野が切り出すと、絵梨佳が頷いて、テーブルの上に三つの箱を置いた。右から順番に、すべての蓋を開けていく。

「あ、これって、デラモーダのヒールですか？」

思わず身を乗り出して、京香が尋ねた。

「はい。私、このブランドのファンで。少し背筋がぴんと伸びる感じが好きなんです」

デラモーダは二、三年前から海外のコレクションでも話題になっている、日本人シューズデザイナーの立ち上げたブランドだった。確か名前は、石田歩《いしだあゆむ》。彼のデザインは、あのケン・ハマナカの影響を色濃く受けていながらも、より冒険的でワイルドさが際だっている、いわゆる、ハマナカ・フォロワーと評されるシューズデザイナーたちの一人だった。

ただし、デラモーダは彼の打ち出したコンサバ・ラインで、モード感がありながらオフィスでも履けるデザインが人気だ。値段はそれなりにするから、一般のＯＬの給料では、ボーナスが出たらご褒美に買うレベルだろう。そのデラモーダのパンプスが、三足並んでいるのだ。

秘書課って、けっこうお給料いいのかな。

天野が、一番右端のパンプスを取り出した。そのデザインを見て、ため息が出る。

「きれい」

ターコイズブルーのトップにはひだ飾りが波打っていて、パールのデコレーションが散らされている。

「これって確か、ケン・ハマナカのＭＭＤ８８２５にインスパイアされてデザインしたって、本人が公言してる一足ですよね」

「ええ。ずっと欲しくて、でも日本ではソールドアウトで、海外からネットで取り寄せたんです」

「靴、お好きなんですね」

「――はい。お気に入りの靴を履いているだけで、幸せな気分になれるから」

その気持ちは、京香にもよくわかる。お互いに目を合わせ、ふんわりと微笑み合った。

一方で、天野は京香と絵梨佳の会話を無言で聞いている。いつも以上に感情の読めない顔つきで、手にしたヒールを見つめているのが少し気になった。

「それで、ご依頼はなんでしょう？　修理ですか？　それとも履き心地の調整ですか？」

ようやく天野が口を開いた。絵梨佳が、ややためらったあとで答える。

「実は今、天野さんが持っていらっしゃるそのパンプスを含めて、この三足をすべてフラットシューズにしていただきたいんです」

「――フラット、シューズに？」

あまりにも意外なオーダーで、京香は素っ頓狂な声を出してしまった。天野も同じだったらしく、パンプスをテーブルに置いて絵梨佳をぽかんと見つめている。

しん、と店内が静まりかえった。こちらの返事を待っている絵梨佳の顔はこわばっている。

「あの、つまり、この美しいヒールを取れと？」

「ええ」

絵梨佳がきっぱりと頷いた。

「それと、サイズを少し大きめに調整していただきたいんです」

「サイズ調整なら、まだわかりますけど――」

絵梨佳はこの完成度の高いパンプスのデザインを、台無しにしろと言っているのだ。さっき自分でも公言していた通り、かなり靴好きのはずなのに、なぜそんなことを言うのだろう

「ヒールを取るっていうことが、どういうことか解っていますよね？　このデザインが崩れて、台無しになっちゃうんですよ？」

「はい、百パーセント解っています。――いいんです」

言葉とは裏腹に、絵梨佳が目を伏せた。やはり頼んでいる本人も迷っているのではないだろうか。これなら何とか説得できるかもしれない。京香がそう思った瞬間だった。

ずっと無言だった天野が、口を開いた。

「わかりました。ご依頼を承ります」

「――ちょっと、天野さん⁉」

京香の咎めるような口調に、天野は淡々と答える。

「履く人あってのデザインです。デザインのために足があるわけではありませんよ。靴が人のニーズに合わせるべきです」

「そんなの、他のパンプスならまだしも、デラモーダには当てはまらないよ」

自分に自信をくれる、背筋を伸ばして履きたくなる、特別なデザインのパンプス。そういう一足を、京香も持っている。だからこそ、絵梨佳の気持ちが理解できないのだ。

第一、目の前にあるパンプスが、あまりにも不憫《ふびん》だ。京香にとって、パンプスは単なる物体ではなく、犬や猫のように命を持つ存在だ。子犬が三匹持ち込まれて足をもげと言われたら、普通に断るだろう。

　頭の中でそんな考えが駆け巡ったけれど、うまく口から出てこなかった。それでもようやく、短く尋ねる。

「どうして、フラットシューズに？」

「――それは」

　絵梨佳が一瞬、言いよどむ。それから、今までのゆったりとした口調とは打って変わって、早口になった。

「いいえ、別に、深い理由はないんです。ただ、今フラットシューズがはやってるし。トリー・ブラニクのフラットシューズが人気なの、ご存じですよね。ああいうのがいいなって思っちゃって。でも、デラモーダにはフラットシューズがないから、それで――」

「いっそ、ヒールを取ればいいと思いつかれたんですね」

　天野が言葉を継いだ。

「ええ、そうです」

「承知いたしました。お任せください。まずはサイズ調整のために、あちらでフィッティングをさせていただけますか」

　絵梨佳がほっとしたような表情を浮かべて、入り口横のスツールへと移動する。

「京香さん、パンプスをすべて持ってきてください」

京香も仕方なく頷き、天野のあとにつづいた。

ソファに絵梨佳を座らせると、天野はいつも通り足を手に取り、まずはターコイズブルーのヒールを履かせた。つま先の捨て寸の余裕や、土踏まずのカーブ、ウェスト部分の開き、それに踵のアール部分のフィット感をきめ細かにチェックしていく。靴に関することとなると、天野の手先は驚くほど滑らかだ。まるで靴と履く人を魔法にかけて、自分の思い通りに動かしているようにも見える。

「確かにサイズが少しキツいようですが、これは足がむくんでいるせいですね？」

天野が尋ねると、絵梨佳が顔を曇らせた。

「ええ、もっとむくんでしまうこともあって」

「――そうですか」

答えながら、脚を丁寧に掴んで、天野が靴を脱がせる。

「あ、すみません、椅子の手すりにつかまっていただけますか」

天野が絵梨佳の手を取って、そっと手すりに移動させた。

別に邪魔になるわけでもないのに、なぜそんなに神経質になっているのだろう。

やっぱり、いつもと様子が違うかも――。

その後、他の二足もつづいてフィッティングをした。黒とブラウンの、シンプルだがヒールに遊びのある、こちらもため息ものの美しいデザインだった。

これらの靴からヒールを奪ってしまうのが本当に辛くて、京香は最後には泣きそうな顔になっていた。ふと気がつくと、いつの間にか絵梨佳も同じような表情を浮かべている。

——自分で言いだしたのに、どうして？

もしかして絵梨佳自身も、ヒールを取ってしまうなんて、本当は嫌なのではないだろうか。ふとそんな疑問が浮かんできたが、絵梨佳はすべての質問を拒むように床の一点を見つめていた。

フィッティングの途中で雄大が帰ってきた。絵梨佳が持ち込んできたデラモーダについてオーダー内容を聞くと、やはり驚き、そして残念がった。

「ええと、それは、僕も何て言っていいか——ねえ、みいちゃん」

天野は雄大に目を向けると、皮肉混じりの声で指摘する。

「雄大君、まだクリーニングの仕事がたっぷり残っていましたよね？」

「きゃ、ごめんなさい」

雄大が口元に手を当てて、作業台へと急いだ。

しかし京香には、雄大の気持ちが痛いほどわかった。当然、天野にだってわかっているはずなのだ。美しい靴を壊してしまう辛さが。

黙ってしまった絵梨佳に、天野が謝罪した。

「申し訳ありませんでした。先ほども申し上げた通り、デザインのために足があるわけではありませんから。デラモーダのパンプスは、もちろん素晴らしい靴ですが、飾っておくための靴で、履くための靴にはなりきれていないと思います」

先ほどまでの無口が嘘のように、天野は饒舌になった。絵梨佳が、そろそろと顔を上げる。

「これからもこの靴を気持ち良く履きつづけられるよう、フィッティング調整を私が、それからヒールのデザインを湯浅がしますから」

え、私が!?

抗議する間もなく、絵梨佳が京香へと視線を向ける。

「どうか、よろしくお願いいたします」

その表情は、必死だ。それでも素直に請け負うことができずに、京香はただ、ぎこちなく頷いただけになってしまった。

家に戻ると、いつも通り、玲子が夕ご飯を作って待っていてくれた。相変わらず、靴のデザイン以外何もできない姉と違い、ものすごくできた妹だ。

食卓を囲んで向かい合わせに座り、よく冷えたビールで乾杯する。

「こんなにいっぱい、大変だからいいのに」

テーブルには煮魚に冷や奴、そして枝豆、玄米の炊き込みご飯にわかめのお味噌汁が並ぶ。

「気分転換になるの。それに三食ちゃんと食べないと、調子がでないでしょう？」

美味しそうにビールをぐいっと飲んだあと、上唇の上に泡をつけたままで玲子が言う。

「そういえば、絵梨佳からお礼のメールが来てたよ。今日、お姉ちゃんのお店に行ったんでしょう？」

「え？　うん。来たよ」

「――ねえ、彼女、お姉ちゃんから見てどうだった？」

なぜか小声になって、玲子が尋ねてきた。

「どうだったって――。まあ、依頼内容がちょっと、こっちとしては残念だったかな」

京香は玲子に、絵梨佳の依頼について話して聞かせた。玲子は首を傾げる。

「それだけ？　本人には変わったところはなかった？」

「それだけって、あんなに完成されたデザインなのに、パンプスのヒールを取っちゃうなんて大問題だよ」

「そうかもしれないけどさあ」

玲子の返事は不満気だ。

「どうして絵梨佳さんの様子なんて聞くの？　なにか気になることでもあるわけ？」

そう尋ねる京香にも、少しひっかかるものがあった。自らヒールを取ってほしいと依頼しておきながら、彼女はあんなに辛そうな顔をしていた。そこに何か、隠された事情でもあるのではないだろうか。

玲子がこちらに身を乗り出して、再び小声で話しだす。

「実はあの子、この頃、少し様子がおかしかったの。靴の修理をお願いしたいからお姉ちゃんを紹介してって頼んできた時も、思い詰めたような顔をしてたし」

玲子が語ったところによると、こうだった。

絵梨佳は、その美貌《びぼう》もさることながら、仕事能力の高さでも秘書課のエースと言われるほどの人材なのだという。どうしても予約の取れないレストランでも、気難しいライバル会社の社長との密会でも、絵梨佳に頼めば、どういうわけか席が調ってしまう。スケジュールの管理も完璧で、もはや彼女の担当している重役は、彼女なしではやっていけないと公言するほどだそうだ。

ところが、その絵梨佳が、仕事で細かなミスを連発するようになった。幸いどれも致命的なピンチにはつながらなかったが、どんなに小さな事案でも完璧にこなしていた絵梨佳にとっては、すでに異常事態だ。急な休みも増え、いつも笑顔だったのに最近では常に緊張した表情を浮かべているという。

「それに、これはやばいかもって思ったんだけど――ほら、うちの会社ってさ、屋上に出られるようになってるでしょう？」

「ああ、前に言ってたね」

「その屋上でさ、絵梨佳が暗い顔して、謎の動きをしているのを見たっていう子もいてね」

まるでスキー台のジャンプから飛び出す選手のようにぐっとバネをためて、ジャンプするのかと思いきや、元の姿勢に戻ってしまう。これを何度も繰り返して、ため息をつく。

「う〜ん、新手のエクササイズでもしていた、とか」

「まさか」

「じゃあ――飛び降りる予行練習、とか」

「でしょう？　屋上でそんな動きをするなんて、私もそう思って心配になっちゃったんだ」

玲子が顔を曇らせると、ビールジョッキを口に運ぶ。

「様子がおかしいといえば、天野さんも同じだよ。今日も採寸の時に妙に神経質だったし、作業にも集中しきれていないみたいだし。玲子、なんか聞いてないの？」

「え、どうして？」

「だって、天野さんと連絡を取ってるんでしょう？」

雅也とのことがあって以来、二人は京香を抜きにして個人的にやりとりをしていたことは知っている。仕事が絡まない分、玲子になら天野も話しやすいかもしれないと思ったのだ。しかし、玲子はいやいやと否定する。

「別に、何にも聞いてないよ。天野さんの様子がおかしいってことだって、お姉ちゃんから聞いて初めて知ったわけだし」

しばらく会話が途切れ、二人して枝豆をつまんでいると、玲子が突然「そうだ！」とテーブルを叩いた。まだ缶ビール一本も空いていないのに、いい具合に酔いが回ってしまったらしい。

「お姉ちゃん、私が天野さんのことを探ってみるから、お姉ちゃんが絵梨佳のことを探ってみてくれない？」

「ええっ⁉　探るって、そんな器用なことできないよお」

断ろうとするのに、何だか自分もふわふわとした心地になっていて、きっぱりとした口調にはならなかった。

「だって打ち合わせとかで、絵梨佳はまたお店に来るんでしょう？」

「そうだけど、私には靴が教えてくれることくらいしかわからないよ」

実は天野の受け売りだが、シューズデザイナーの自分が言えばそれらしく聞こえるだろう。これで玲子も諦めると思ったのに、あっさりと頷かれてしまった。

「いいよ、靴からわかることだけでもいいから。ね、絵梨佳のこと、探ってみて。天野さんのことは、私に任せてくれていいからさ」

「任せるって、そんな――」

それでもビールのせいだろうか、玲子の提案も悪くない考えに思えてきた。天野のことは別にそこまで心配しているわけではないけれど、さすがに少し気になるし――。

「じゃあ、お互い、できる範囲でね」

多少の釘を刺してから承知した。玲子が「やった!」とグラスを持ち上げる。仕方がなく再び乾杯すると、二人で残りのビールを一気に飲み干したのだった。

*

仕事帰りの夜七時過ぎ、玲子は急ぎ足で元町の仲通りへと向かっていた。途中、可愛いワンピースが目に入ったが、我慢して通り過ぎる。

今日はこれから、仲通り沿いにあるカフェの席を陣取って、天野が仕事を終えて駅へと向かうのを待つつもりだった。万が一、天野がこちらに視線を向けても玲子だと気づかれないよう、かなりアイメイクを変えてマスクをつけている。雑誌の「あのアイドルに変身！」特集を見て真似したのだ。おかげで我ながら、自分とは思えないほどの変身ぶりだった。ときどきこうやって、気分転換するのもいいかもしれない。

「天野さんってこのごろ、店を出るのも早いんだよね。前は終電間際まで残業することが殆どだったのに」

京香によると、天野は大体、夜の七時半には店を出てしまうらしい。

お目当てのカフェに辿り着き、一席だけ空いていた窓際の席に座る。窓の外を見ながら、ゆっくりとカフェラテを口に運んだ。誰がどう見ても平凡な仕事帰りのＯＬで、これから尾行を開始する女だとは思わないに違いない。

桜木町の駅から離れて元町までこうしてやってくると、平日の仲通りを行き交う人はだいぶ少なく、人々の歩みも比較的ゆったりしていた。

あと十分ほどで、天野が店の前を通り過ぎるはずだった。尾行のことは京香には伝えていない。反対される気がして、事後報告で済ますことにしたのだ。

〈お姉ちゃんごめん、今日は急な誘いで夕ごはんを食べて帰ることになった〉

そんなふうに京香にメールをすると、〈了解。こっちは適当に食べるから楽しんできて〉

と何の疑いも抱いていない返信がきた。

それにしても、天野さんも一体、どうしちゃったんだろう。

天野は玲子から見ても、つかみどころのない不思議な男だった。クールなのかと思えば、妙に優しいところもあり、京香が失恋して大変だった時もわざわざ家まで訪ねてきてくれた。もしも玲子が失恋して会社を休んだって、社長自らが訪ねてくることは絶対にない。

お姉ちゃん、いい職場を見つけたな。

玲子としては、そんなふうにも思っていた。会社員だった頃に比べると収入は激減したようだが、その分、忙しさやプレッシャーも和らいでいるらしい。あの雅也がいなくなってくれたお陰で、恋愛方面のストレスもなくなったようだ。

それにしても、自分から言いだしたことだけど、変なことになった。

なんで私、お互い絵梨佳と天野さんを探ろうとかとか言いだしちゃったんだろう。

カフェラテを飲みながら、ぼんやりと考える。

酔った勢いというのも、もちろんある。絵梨佳のことが気になっているのも事実だ。しかしおそらく、それだけではないのだ。もちろん、天野のことが異性として気になって、こうしてストーカーまがいの調査をしようとしているわけでもない。

気になっているのは、むしろお姉ちゃんと天野さんのこと、だよね？

自分に問いかけると、今度はすとんと腑に落ちた。

別に二人の間に何かを感じたわけでもないのだが、やっぱり従業員が失恋したからといって、心配して見に来るなんて行きすぎのような気がする。

まあ、今はまだ何もないにしても、これから二人の間に何が起こらないとも限らない。玲子としては、京香がもう二度と辛い思いをしないよう、多少気が早くても天野のことをよく知っておきたかった。だから今回の尾行は、意識としては、天野の身辺調査に近いような気がする。

そこまで考えて、我ながら自分を、過保護な妹だと笑いたくなった。

そうこうしているうちに、姉の言う通り、七時半を少し過ぎたところで、天野が店の前を通りかかった。家に来た時よりも何だか痩せたようだ。ずいぶんと気難しい表情を浮かべているのも気になる。あれでは、決して誰かに道を尋ねられることもないだろう。

まあ、もともとエキセントリックな見かけだし、あまり声を掛けられることもないか。

窓の途切れるところまで天野が歩いたのを見届けて、すばやく席を立ち店を出る。歩道の向こうへ目をやると、天野の背中がさらに遠くへと移動していた。

「よし、始めるぞ」

気合いを入れて、ゆっくりと歩きだす。生まれて初めての尾行に、玲子はほんのちょっとだけわくわくしていた。

＊

天野が店を出たあとも、京香はデッサンノートを前に格闘していた。デラモーダのヒールをフラットにする。依頼はシンプルだが、元のデザインの完成度が高いだけに、フラットシューズになった時も同じ完成度を持たせようとすると、それなりに工夫したくなった。

構造上の問題は天野がクリアしてくれるとして、デザインも恥ずかしくないものにしたい。シンプルに、高さのないヒールをつけるだけでも、別に成立はするんだけど——。

天野に相談しようとしても、最近お決まりの難しい顔をしているので、何だか話し掛けづらかった。

そこへ加えて、玲子からの頼み事まであるのだ。何だか気が休まらない。お客の事情を探るといったって限界があるでしょう、普通。

大きくため息をつくと、同じく隣で、天野に任されたハンドメイド靴と格闘している雄大が話し掛けてきた。

「今日もオーラがなかったですねえ、天野さん」

声に心配が滲んでいる。

「靴を作ってる時の、なんか鬼気迫った感じのこと？」

「そうそう、それです。どこか上の空っていうか。あんな天野さん、初めてです」

「昨日の夜、玲子とも話してたんだけど、あれじゃない？　スランプってやつ」

「でも——天野さんだったら、靴作りに関するスランプなら、どんなに壁にぶつかったとしても、喜んで向かっていきそうなんだけどなあ」

確かに京香だって、それがシューズデザインのことなら、どんなに大変なことがあっても苦労や挫折だとは思わないだろう。むしろ闘志が湧いてきてしまう気がする。

「何かプライベートで悩み事でもあったらどうしましょう。僕、牛久さんに相談してみようかなとも思ってるんですけど」

「ああ、それはいいかもね。私も、絵梨佳さんのこと、ちょっと調べなくちゃ」

「え、なんですか、それ」

「う～ん、それがねえ」

京香は昨日、玲子に持ちかけられた話を、雄大に説明した。雄大が、首を傾げる。

「でも絵梨佳さん、そんなに様子がおかしな感じじゃなかったけどなあ」

「もしかして、天野さんなら何か気がついてるかな？」

しかし、尋ねてみても、いつもの通り、靴の声を聞けとしか言われない気がする。

「それにしても絵梨佳さん、どうしてヒールをフラットにしたいんでしょうねえ」

「トリー・ブラニクが気に入ったなら、そっちのフラットシューズを買えばいいだけだよねえ？」

京香の言葉に、雄大も頷いている。

次に絵梨佳が訪ねてくるのは一週間後。それまでに、何とかヒールのデザインを仕上げておきたかった。軽く首を回してデッサンに戻ろうとすると、雄大が口を開く。

「あの、絵梨佳さんに、もう少しわけを聞いてからデザインしたほうがいいんじゃないでしょうか。天野さんみたいに、靴から全部わかればいいけど、そうじゃない時は、話の中にヒントが隠れてるかもしれないし」

雄大の言葉も、もっとものように思われる。

――履く人あっての、デザインでしょう。

天野の、皮肉な口調も聞こえてくるようだ。

デザイナーしかしていなかった頃は、デッサンノートと向き合い、ただひたすら美しいデザインのことを考えていた。しかし、こうしてオーダーメイドの店に身を置くうちに、靴には履く人がいるのだということを、いつの間にか京香も意識するようになっている。顔見知りの商店街の人々のためだけではなく、玲子のためにパンプスをデザインしはじめたのも大きく影響しているのだろうか。

絵梨佳ときちんと話してみれば、雄大の言う通り、何かデザインの足がかりが見つかるかもしれない。

「ちょっと絵梨佳さんに連絡してみる。ありがと」

「何か手伝えることがあったら、言ってくださいね」

雄大がきのこ頭を揺らして微笑んだ。

さっそく、注文票に記入された連絡先に電話を掛けてみる。残業もあるようなことも言っていたが、うまくすればつながるかもしれない。

『――もしもし』

相変わらず柔らかだが、少し疲れたような声が応えた。

「あ、私、コルドニエ・アマノの湯浅です。湯浅玲子の姉の」

『ああ、京香さんですね。どうされました？』

外にいるのか、声の背後からクラクションの音が聞こえてくる。

「実は、パンプスの件なのですが、少しお話を伺えないかと思って」

『――何か問題でもありますか？』

やや用心深い声で、絵梨佳が尋ねてきた。

「いいえ、そういうわけではないんですけど、踵部分のデザインを新しく起こすので、どういうイメージなのかとか、どういう雰囲気のデザインがお好きなのかとか、やはり詳しいお話を聞かせてもらえたらと思ったんです」

大きなトラックか何かが移動している音が、スマホ越しに聞こえた。絵梨佳は沈黙している。何だか、無言で拒絶されている気がした。

『デザインに関しては、プロである湯浅さんにお任せしますので』

案の定、こわばった声で断ってくる。

「――そうですか」

『申し訳ありません。もうすぐ人と会うので』

「いいえ、こちらこそお忙しいのにすみませんでした」

失礼します、という言葉を最後に通話は切れた。

「やっぱり一人でデザインを考えるしかないかあ」

すっかり凝ってしまった背中を伸ばしながら呻くように京香が言うと、雄大が「そうだ」と呟いて、こちらを向いた。

「京香さんって、どっちみち、絵梨佳さんの事情を探らなくちゃいけないんですよね」

「まあね。でもそれは、玲子が酔っぱらって言ったことだし――」

「ううん、せっかくだから探ってみましょうよ、事情」

「事情って――でも、どうやって？」

「それはもちろん、靴の踵をすり減らすんですよ。ね、みいちゃん」

雄大が、うまいこと言ってやったというように胸を反らした。

＊

翌日の夕方、京香は雄大と一緒に玲子や絵梨佳の勤める桜木町のオフィスビルの前で、絵梨佳を待ち伏せした。二人で同じ時間に店を早く出られるか心配だったが、天野は心ここにあらずといった調子で、あっさりと許可してくれたのだ。

「あ、出てきた。あの人ですよね」

「うん、そう」

通りを挟んだ道の向こうから絵梨佳が出てきて、横断歩道をこちら側に渡ってきた。駅へと向かうのだろう。

道を渡りきった絵梨佳の後を、少し距離を空けながら追いかけていく。桜木町の駅へと向かって移動する絵梨佳の後をつけながら、京香はあることに気がついた。

「絵梨佳さん、フラットシューズだ」

「あ、ほんとですね。なんか、やっぱり踵の高い靴、飽きちゃっただけなのかなあ」

会社での様子と、フラットシューズを好むようになったことには、なんの相関関係もないのかもしれない。それでも、店にやってきた絵梨佳の思い詰めた様子を考えると、やはり隠された事情があるという気がしてならなかった。

「あ、もう地下鉄の駅に潜っちゃう。さ、追いかけようか」

雄大がこちらをじっと見る。

「――な、何？」

「京香さん、なんか変わりましたね。最初は、デザインさえできれば、靴を履く人なんてどうだっていいって感じだったのに」

「別に、今だってどうだっていいと思ってるよ」

本当は最初の頃のように、デザインさえ良ければ、履く人も、履き心地も、どうでもいいとまでは思えなくなっているのだが、照れくさくて嘘をついた。

「いいんです、いいんです、僕はわかってますから」

雄大が嬉しそうに頷く。

滑り込む。


「ちょっと、そのにやけた顔、やめてよ」

生産性のない掛け合いをしながらも、二人で絵梨佳の後をつけていく。そのまま家へと帰るつもりなのか、桜木町の駅から電車に乗り込んだ。つづいて、雄大と京香も、隣の車両に滑り込む。


「そういえば昨日、玲子さん、何か天野さんのことで言ってました？」

「あ、ううん。あの子、昨日は友達とご飯を食べるとかで遅く帰ってきたし、朝も特に何も言ってなかったから。天野さんのことは、まだ探ってないんじゃないかな」

「そうですか——。僕のほうは、実は昨日の夜に店を出たあと、牛久さんのところに行ってみたんですよ」

「あ、そうだったんだ」

隣の車両に座っている絵梨佳を横目で気にしながらも、天野について話す。

「そしたら牛久さん、何て言ったと思います？」

「——さあ、何か気になることがあったわけ？」

「それが、牛久さんが言うには、天野さん、金銭トラブルでも抱えてるんじゃないかって」

「どうしてまた、そんなことを思ったんだろう？」

頭の中で、最近の天野の様子を再現してみる。昼ご飯もちゃんと食べていたし、督促状が店に届いたこともないし、ましてや返済を迫る電話がかかってきた様子もない。

「牛久さんのところに、天野さんがお金の相談にでも行ったとか？」

「僕も驚いて聞いたんですけど、直接そういう相談があったとかじゃないみたいです。ただ、てっきり換金するつもりだと思ってたって、ぶつぶつ呟いてました」

それ以上詳しいことは教えてくれなかったらしい。説明に納得がいかないのか、雄大は不満気な口調だった。

「牛久さん、他には何も言ってなかったの？」

「いいえ、お金のことで何か気がついたことはないかって、逆に質問されたぐらいです。でも、前から気になってたんですけど、どうも牛久さんと天野さんって、何かを僕たちに隠してる気がするんです。ほら、天野さんってあんまり昔の話とかしないし」

「――そういえば、そうだね」

雅也の友達で、同じ美大を出たということくらいしか、京香は天野の過去について知らなかったし、知ろうともしなかった。

今となっては、雅也と友人関係だったという情報も怪しくなっている。良く考えれば、どうして敵とも言える相手の彼女を、店に置くことに同意したのだろうか。

「前に牛久さんがちらっと言ってたんですけど。天野さんって、美大を卒業してから、二十代のうちはほとんど、ヨーロッパでふらふらしたらしいですよ」

「放浪ってなに⁉」

「さあ。詳しく聞こうとしたけど、ぶらぶらしてただけだって」

「へえ。職人になったのは三十代になってからってことか。けっこう遅かったんだ」

ということは、たったの四、五年で、天野はあそこまで腕を上げたことになる。

「すごい人ですよねえ」

嘆息する雄大に、京香も頷いた。少し癖のある人柄ではあるが、天野の靴作りに対する才能を今では認めているのだ。もちろん、デザインについては脇に置いて。

「お金に困ってるっていうのが本当だとしたら厄介だよね。店でも気をつけて見てようか」

雄大が京香の言葉に憂い顔を見せた。

「心配ですよね。牛久さんの勘違いだったらいいんですけど」

そうこうしている間に電車は日吉駅に到着し、絵梨佳が電車を降りた。雄大と二人で後を追う。俯き加減で歩く後ろ姿にはまるでエネルギーが感じられず、具合でも悪いのかと心配になった。

「仕事帰りとはいえ、かなり疲れちゃってるみたいですね」

「うん――」

絵梨佳は駅からつづく商店街へと入っていき、はたと足を止めると、カフェに入った。

「どうします？　僕たちも入ります？」

「でも店内が狭いから、バレそうだよね」

「あ、待ってください。テイクアウトにするみたい」

雄大の言う通り、絵梨佳はアイスコーヒーらしきドリンクを手にして出てきた。少し離れて尾行を再開する。ストローで氷をかき回しているのか、カシャカシャと音がした。けれど、延々とカシャカシャさせるばかりで、コーヒーを飲む気配はない。

「飲まないんですかねえ？」

「みたいだね」

商店街を抜けきると、絵梨佳は次に小さな公園へと足を踏み入れた。

公園の門のそばから覗き込んでいると、絵梨佳はさらに奇妙な行動に出た。アイスコーヒーとバッグを滑り台の下にまとめて置くと、見たこともないような、おかしな動きをしはじめたのだ。強《し》いていえば、ものすごくぎこちない太極拳に見えなくもない。

「これが、屋上でやってたっていう変な動きのことかな」

「何ですか、それ？」

京香は小声で、玲子から聞いた話を雄大にしてやった。

その間も絵梨佳は、おかしな動作を繰り返している。膝を曲げ、バネを伸ばそうとするのだが、結局跳ねずにやめてしまう。再び膝を曲げ、今度もまたそのまま元の姿勢に戻る。しかし結局は大きくため息をついて、荷物を再び手にした。じっとアイスコーヒーを見下ろした後で、やはり一口も飲まずに水飲み場へと移動し、中身を氷ごと捨てている。

その後、絵梨佳は公園を出ると、自宅らしきマンションへと戻っていった。京香と雄大は駅までの道を引き返してそのまま別れたのだが、電車で家へと帰る途中に、玲子からメールが入った。

〈お姉ちゃん、ごめん。今日も友達とご飯を食べるから、適当に食べててくれる？　常備菜ならラタトゥイユが冷蔵庫に入ってるから、よかったらパスタソースにして〉

もしかして、ついに本命の彼氏でもできたのかな？

常に三人ほどの候補がいて、この人という相手に絞らずにいた玲子が、こう連続して誰かと出かけることは珍しかった。落ち着いてくれるなら嬉しいことだが、それならそうと言ってくれてもよさそうなものなのに――。

家へ戻ると、言われた通りにラタトゥイユをパスタソースにして食べた。

しんとした部屋の中で、さっき目撃した絵梨佳の行動について考えてみる。やはり、論理的な説明は一つも浮かんでこない。

やがてカチャリと鍵の回る音がして、「ただいまあ」という疲れた声が飛び込んできた。

＊

二人でテーブルを囲みながら、玲子は京香の報告に目を丸くした。

「ってことは、お姉ちゃん、絵梨佳のことを尾行したの⁉」

「だって、玲子が探ってみてとか言うから」

「だってそれは、パンプスのことで、何かわかることがあるかもと思ったから」

まあ、私も天野さんを尾行したんだけど、それにしても――。

「お姉ちゃん、変わったね」

「何よ、玲子まで。別に、なんにも変わってないから」

京香は抗議したあとに、尾行した時の絵梨佳の様子を話して聞かせた。

「変な動きを繰り返してた？　人気《ひとけ》のない公園で？」

「そう。こう、すごく不自然な姿勢で」

去年漬けた梅酒を一口飲むと、京香は、絵梨佳がしていたという不自然な動きをやってみせてくれた。まるでジャンプする直前に足がつって動けなくなった女のような、不可思議な姿勢だった。

「それ、屋上で目撃されてた動きと一緒かな」

「うん、多分ね。でも何が目的の動きなのか、さっぱりわかんなかった。エクササイズにしては動きが地味だし」

「だよね。それにアイスコーヒーを飲まずに捨てたって――」

「うん。ただ氷をかき混ぜてるだけで、全然飲もうとしないの」

頼んだあとで、気でも変わったのだろうか。いや、普段の絵梨佳なら頼んだものを粗末にするなんてあり得ない。外食のご飯も、申し訳ないからと一粒残さず食べるタイプなのだ。

京香のしてみせたおかしなポーズに、飲まずに捨てたアイスコーヒー、そしてフラットシューズ――。これらのことに、何かつながりはあるのだろうか。

しばらく考えに沈んでいるうちに、玲子の胸に、ある暗い想像が浮かんできた。その想像があまりにも悲しくて、慌てて心の中で否定する。

しっかりものの絵梨佳に限ってまさかね。でも、もしそうだとしたら、水くさすぎる。入社以来、あんなに何でも話す仲だったのに、そんなに大事なことに関して一言の相談もないなんて。

夜の公園に一人で佇む絵梨佳の姿が、まるで見てきたように、玲子の脳裏に浮かんできた。

一旦は心に決めてみたものの、再び決心が揺らぎ、一人煩悶《はんもん》する。姉が目撃したのは、そんな絵梨佳の姿だったのではないだろうか。信じたくはないけれど、でも、もしそうだとしたら——。

もう一度、絵梨佳とちゃんと話してみたほうがいいかもしれない。

「そういえば、そっちの天野さんのことも、何か進んでる？」

尋ねてくる京香の声で我に返った。

実は今日も、友達とご飯などではなく天野の後をつけていたのだが、京香はそのことを知らない。でも、もう、話してもいいよね？　お姉ちゃんも、尾行してたんだし。

絵梨佳のことに心を残しつつも、玲子は天野について話して聞かせた。こちらはこちらで、ビッグニュースがあるのだ。

「実はね——」

玲子が二日連続で天野を尾行していたことを告げると、京香はそれこそそのけぞった。

「天野さんを尾行って、あんた、それやりすぎじゃないの!?」

「それを言うならお姉ちゃんだって」

お互いに顔を見合わせて、思わず吹き出してしまう。

「で、天野さん、どうだったの？　なんか、お金に困ってるんじゃないかっていう噂も耳に入ってきてさ。ほら、牛久さんって、革職人さんからの情報なんだけど」

「ああ、天野さんと古くからの付き合いだっていう？」

「そうそう」

しかし、玲子が天野を尾行した感じでは、とくにお金に困っている様子は見受けられなかったし、金策に奔走している様子でもなかった。今日の尾行で天野の向かった先はパンパシフィックホテルのラウンジだったのだ。玲子の見立てによると、問題はお金というより——。

「天野さん、すっごい可愛らしい女の人と会ってた。どこかいいとこのお嬢様って感じで、歳は二十二、三歳ってところじゃないかなあ」

「何それ、デート⁉」

「うん、そういう雰囲気にも見えたかな。少なくとも、天野さんは深刻そうな顔をしてた」

玲子の勘によると、天野の悩みの原因はあのお嬢様っぽい女性だ。うまくいきかけていたのに仲がこじれてきたとか、あるいは、あんな純情そうな雰囲気だが、女性には他にも付き合っている男性がいるとか。理由はいくらでも考えられる。

ただ、天野とは対照的に、女性のほうは幸せいっぱいの様子だった。天野といっしょに話すのが、嬉しくて仕方がないという感じなのだ。そこだけが引っかかる。

京香が突然、膝を打った。

「わかった！」

得意気な顔で、推理を披露する。

「実は天野さんもいいとこのお坊ちゃんで、その女の子と政略結婚させられそうになっている。彼女のほうは乗り気だけど、天野さんは全然その気になれない。だから、その女の子は幸せいっぱいの様子なのに、天野さんは暗い顔をしていた。どう？　説明はつくでしょ？」

目を輝かせている京香に、玲子は素っ気なく返事をした。

「まあ、少女漫画ならよくあるよね、そういうの」

「違うか――」

しゅんと京香が項垂れる。

天野といっしょにいた女性は、さすがに途中で天野の様子が心配になったのか、いろいろと気を遣っていたようだった。それからもしばらく二人で話し込んでいたが、席が離れすぎていて会話の内容まではわからなかった。

「あ、そうだ。天野さん、その女性にパンプスのデザインらしいデッサンを見せてたよ。遠目にちらっと見えただけだから、確信は持てないけど」

そう告げると、京香は大きく目を見開いた。

「ねえ、それほんと⁉　天野さんがデザインを？　しかもパンプスのって――」

京香はそうつぶやいたきり、黙って梅酒を飲み、一人で考え込んでしまった。玲子も、絵梨佳のことが心配で、もうそれ以上天野のことを考える気にはなれない。

開け放してある窓から、どこかの部屋のテレビの音が聞こえていた。

＊

昨日、玲子から聞いた天野の話を聞かせると、歩くのも忘れて立ち止まり、相手の女性について矢継ぎ早に尋ねてくる。

「どういう人なんです？　雰囲気は？　いくつぐらい？」

「玲子の話によると、お嬢様っぽい感じの人だったみたいだけど。天野と話すのが嬉しくて仕方がないって感じだったみたい」

「うわあ。ついに、あのクールな天野さんに初の恋バナかあ」

「じゃあ、今まで一度も彼女の話とかしたことないわけ？」

尋ねると、雄大が頷く。


「きゃ、本当に!?」

お昼のお弁当を買いに、京香は雄大と連れだって仲通りを歩いていた。

「天野さんがそんな話、僕にするわけないじゃないですか。唯一、牛久さんが何かの拍子に、前の彼女は相当な美人だったたって言ってたのを聞いたぐらいで――」

「へえ、面食いなんだ、天野さんって」

まったく男って――。少し冷ややかな口調になってしまった。同時に、雅也のマンションで見た可愛らしい女性の顔を思い出して、久しぶりに胸がずきりと痛む。

まだ、こんなふうになるんだ。

あれから三ヶ月以上も経つのに、傷口はまだ、じゅくじゅくとしている。

「天野さんとお嬢様の組み合わせですかあ。ああ、その場にいたかった」

「なんかカワイイ系の人だったらしいよ」

「きゃあ、気になる！」

弁当を選んだ後、再び店に戻りながら、天野が女性にパンプスのデザインも見せていたという情報も話した。雄大は、天野がデートをしていたという事実より、この知らせにずっと驚いたようだ。というより、信じようとしなかった。

「それはないですよお。天野さん、びっくりするくらい頑固だもん。今までだって散々、どうしてもパンプスを作ってほしいっていう依頼があったけど、取り付く島もない感じで断ってたんですよ？　玲子さんの見間違いですよ」

「そっか——やっぱりそうだよね」

店に戻ると、天野が相変わらず集中力に欠ける様子で、ぼんやりと作業台に片肘をついていた。そっと雄大と顔を見合わせたあとで、声を掛ける。

「戻りましたあ」

「ああ、お帰りなさい」

中央テーブルにお弁当を広げて食べている間も、天野は一言も発しなかった。ここ最近でいちばんひどい状態だ。

やっぱり昨日、謎の女性と会っていたことが影響しているのだろうか。

たまりかねたように、雄大が声を掛ける。

「天野さん、あの、大丈夫ですか？　体調でも悪いんですか？」

「え？　ああ、体調なら——大丈夫です」

「でも、最近ほんとに様子が変ですよ。なんか、恋の悩みとかあるんじゃないですか？」

大胆にも切り込んだ。

「いえ、まさか。それより京香さんも雄大君も、少し机の上が乱雑になっていますよ。美しい仕事は、美しい机から。それに京香さん、例のフラットシューズの踵部分、どうするかいいアイデアは浮かびましたか？」

何だ、けっこう元気じゃないの。心配して損した。

「何となくはデザインしてみたんだけど、でもなんか引っかかるっていうか」

デザインを整えるという意味でなら、ここ二日ほどでデラモーダの元のデザインに引けを取らないよう、それなりのものを苦労しながらも考えてみた。アッパーの装飾を引きたてるシンプルなもの、逆にアッパーがシンプルなものには、ラインストーンなどを使ったデコラティブなもの。ただし、オフィス仕様でも十分にいけるよう配慮してある。我ながらいい出来だとも思う。しかし、どうしてあのパンプスをフラットにしたいのか、絵梨佳の本音を知らないまま作ったこのデザインが、どうしても百パーセントの正解には思えない。

あのデザインは、本当に彼女の依頼に応えられているのだろうか。

「絵梨佳さんの気持ちがわからないから、自信が持てないんですね？」

天野が、ずばり言い当ててくる。少しムクれて、天野に頷いてみせた。

「実は、玲子がけっこう、絵梨佳さんのことを心配してて——」

ついでに、昨日の彼女の様子を天野にも話してきかせた。

「天野さんなら、何か気がついたんじゃないですか？」

雄大が探るように尋ねると、天野はあっさりと頷いた。

「ええ、何となくは」

「そうなの!?」

雄大と二人、身を乗り出して尋ねる。気がつかなかったけれど、いつの間にか例の集中力で、靴の声でも聞いたのだろうか。

「でも、プライベートに関することですから――」

がっかりしていると、天野は京香に向かって言った。

「京香さんは自由にデザインしてください。絵梨佳さんの事情は仕様でカバーできることですから、心配しなくて大丈夫です」

天野はそのまま、弁当に蓋をしてテーブルを離れた。中身は半分も減っていない。

仕様でカバー? どういう意味だろう。何だかすっきりとしないまま、京香は弁当をのろのろと食べつづけた。目の前で口を動かす雄大のきのこ頭も、心なしかいつもよりぺしゃんとしていた。

＊

絵梨佳が再びコルドニエ・アマノに現れたのは、約束通り、次の日曜日の夕方だった。

「いらっしゃいませ。――あれ?」

声を掛けてから玲子の姿に気がつき、軽く驚く。

今朝、家を出る時には何も言ってなかったのに——。

「さっきまで一緒に話してたから、ついでに来ちゃった」

「そっか」

皆でテーブルに集まり、まずは京香の考えたデッサンから見てもらうことにした。

広げられたデザインパターンを見て、絵梨佳が顔を輝かせる。

「わあ、どれも素敵ですね！　こんなに素敵にしていただけるなんて」

「ありがとうございます」

三足それぞれについて、いくつかある候補の中から、絵梨佳がデザインを決めていく。ほんの少しだけ踵の高さはあるけれど、ほぼフラットなデザインのものばかりだった。

「この一足についてだけは、この低めのピンヒールがオススメなんですけど」

最後に見せたデッサンは、例のエメラルドグリーンの一足だった。アッパーがかなりデコラティブなため、ヒール部分はごくシンプルなブラックか、アッパーと同じ色ですっきりとまとめてある。ただどうしても、ある程度の高さはあったほうが全体的なシルエットは美しくなるため、デザイナーとしての欲を捨てきれず、一つだけ、ピンヒールのデザインを起こしたのだ。

初めて、絵梨佳が迷った。

「オススメのデザイン、私もすごく好きです。でもこれって、こういうヒールに比べて安定感がないですよね」

絵梨佳が指さしたのは、円形のフラットなヒールだ。高さは一センチほどしかないが、円の周りにパールをあしらってある。

「そうですね。安定感と言われれば、そちらのほうがいいかもしれません」

もちろん選ぶのは絵梨佳だし、円形のヒールもかなり美しいデザインになる。それでも声に残念な調子が滲むのを、京香は抑えることができなかった。

天野がそこで初めて口を開いた。

「絵梨佳さん、私は、こちらの円形のヒールのほうがいいと思いますよ」

抗議しようとしたが、天野の真摯な表情が目に飛び込んできて、何も言えなくなってしまった。天野はそのまま、語りかける。

「足がむくんでいるといつもより転びやすいですし、正しいご判断だと思います。それから、踵の底とつま先部分には安全のために、ラバーを使うつもりです。デラモーダの靴は、ソールのカラーもデザインの一部ではありますが――」

絵梨佳がはっと、天野のほうに視線を向けた。

「ラバーで補強してやることで、グリップが利くようになります。土踏まずのサポートや、甲を包むサイドの部分も堅めに補強したいですね。そうすれば、歩行時に足に余計な負荷がかかりづらいですし、正しく歩けるようになります。正しく歩くと、内臓が正しく働きだすんです。逆に今のままだと足裏が張って血流も滞るので――」

珍しく天野が言いよどむと、絵梨佳が覚悟したように言葉のあとを継いだ。

「お腹の子に障《さわ》るっておっしゃりたいんですね？」

「――ええ」

店内が一瞬静まりかえる。

お腹の子って、言ったよね、今。

黙って絵梨佳の隣に座っていた玲子に視線をやると、軽く頷いた。その顔は、おめでとうございますと単純には祝ってくれるなと訴えている。

絵梨佳が、諦めたように尋ねてきた。

「いつから、わかっていらしたんですか？」

「すみません、フィッティングの時に、軽くツボを触らせていただきました」

天野が頭を下げたが、絵梨佳はきょとんとしている。

そう言えば、普段は流れるような優雅なしぐさで足を扱う天野が、あの時だけは妙に神経質になり、絵梨佳の手の位置を気にして移動させたりしていた。

「もしかして絵梨佳さんの手を移動させた時に、ツボを触ってたの？」

尋ねると、天野が頷く。一瞬のことだったし、あまりにもさりげなかったから、絵梨佳は忘れてしまっていたのだろう。

「ヒールをフラットにしたい、足がむくみやすいというお話を伺って、ぼんやりとそうかもしれないと考えました。それで、失礼を承知で、確認させていただいたんです。触った部分は神門と言って、ご懐妊されていると強く脈打つ場所です」

「そうだったんですか――」

しかし、赤ちゃんがいるのだとして、昨日の奇妙な行動は一体なんだったのだろう？　疑問をくみ取るように、絵梨佳が話をつづけた。

「黙っていて申し訳ありませんでした。私自身、この子を産んでいいのかどうか、ずっと葛藤していたんです。一度は決心してこちらに伺ったんですけど、その後、相手の人にどうしても今回は諦めてほしいと言われて――」

「そんな――」

沈んだ絵梨佳の言葉に、きりきりと胸の底のほうが痛んだ。

相手には、奥さんも子供もいるのだという。自分が子供を産むことで、確実に不幸になる人たちがいる。そう思うと、やはり心が大きく揺らいだ。

絵梨佳を尾行したあの日、その相手に手術代と称して手切れ金を渡されたそうだ。それでも、絵梨佳は、その分厚い封筒を受け取らなかった。

「ショックで、自分も、相手も、何もかも憎くなって、いっそ全てなかったことになればいいのにって思って、悪魔みたいなことを考えました」

絵梨佳の声が、細かく震える。

アイスコーヒーを買ってお腹を冷やし、ジャンプしてお腹を揺さぶろうとした。あれは、そういうことだったのだ。でも――。

「考えただけで、できなかったんでしょう？」

京香の言葉に、絵梨佳が真っ赤な目をして頷く。

「この子をどうにかしてしまおう、そう思った時、動いた気がしたんです。まだそんな時期じゃないはずなのに、内側からぽんとお腹を蹴られた感覚があって。そう思いたかっただけかもしれませんが」

俯いていた顔をあげて、絵梨佳が話をつづけた。

「この子は、生きたいんだって、そう思ったら、勝手かもしれないけど、やっぱり産みたいってすごく強い気持ちが湧いてきて」

「そうですか」

もし万が一、相手の家族が事実を知ったら、複雑な気持ちになるだろう。今、話をしているのが、絵梨佳ではなく相手の家族だったら、京香は不倫相手である絵梨佳を勝手な女だと思い、子供を諦めるのが筋だと考えたかもしれない。

「相手の人にはもう何も知らせず、自分一人で産んで育てるつもりです。幸い、玲子さんが私の変化に気がついて、私が担当している役員に直談判してくれて——。その方が色々と応援してくれることになったんです」

驚いて玲子のほうを見ると、玲子が気まずそうに俯く。

一体、いつから玲子は気がついていたのだろう。言い訳めいた口調で、玲子はテーブルを見つめながら話した。

「ごめん、アイスコーヒーを飲まずに捨ててたとか、変な動きとか、フラットシューズとかで、なんとなく想像がついたんだ。でもちゃんと本人に確かめてから報告しようと思って」

「もう、話を聞いた夜には気がついてたんだ」

玲子が頷く。

「絵梨佳と話してみたら、相手の男の人、絵梨佳が担当してる役員のライバルだったの。だから、役員のおじさんに、ライバルの弱みを握っておくのは悪いことじゃないよねって水を向けたらすぐに食いついてくれたんだ。何より、そのおじさん、絵梨佳のファンだし」

そういえば昔からこの子は、こういうしたたかな所があったっけ。

呆れながらも、京香には実の妹が頼もしく見えた。実際に尾行したわけではないのに、情報を又聞きしただけで真相に辿り着いたのも、なかなかすごい。でももっとすごいのは、絵梨佳が訪ねてきたその日に、真相を見抜いていた天野だけれど――。

今回は、スーパー天野にならなくても、真相がわかっちゃったってことだもんね。

「それじゃあ、やはりデラモーダはフラットシューズにして、滑りどめのゴムをつけてもよろしいですね」

天野の問いかけに、絵梨佳は、迷いのない目ではっきりと頷いた。

「はい。それと、この子のファーストシューズ、ぜひ天野さんに作っていただきたいです」

絵梨佳の瞳を見て、天野が微笑んだ。

「喜んで。お腹の赤ちゃんが、一生靴に困らない豊かな生活ができるよう、願いを込めて作ります。ご懐妊、おめでとうございます」

「ありがとうございます」

うっすらと目を潤ませながら、絵梨佳はお腹を優しくさすった。

＊

その夜、玲子は再びパンパシフィックホテルにいた。

ラウンジに入っていく天野を見届けると、少し時間をおいて自身も後を追う。ちょうど天野の座った席の真後ろは観葉植物で遮られており、座ってもバレることはなさそうだ。ウェイターにその席を指定して案内してもらい、玲子は天野と植物を挟んで背中合わせの席に向かった。

あれ、今日は二人だけじゃないんだ――。同席していた男性の顔を見て、一瞬、息が止まった。

あれって――。

席につくと、この間と違い、話し声ははっきりと聞こえてくる。

相変わらず女性が、幸せそうなはしゃいだ声で話していた。男の低い声も記憶にある通りだ。

どうしてあの男が、ここに？

しばらくして話の内容が耳に入ってくると、玲子は全身の血がすっと下がっていくのを感じた。慌ててスマホをバッグから取り出す。まだコルドニエ・アマノにいるはずの京香にメールを打とうとして、一瞬、躊躇《ちゅうちょ》した。

京香は、手痛い失恋からようやく立ち直ってきたところなのだ。それなのに、こんな場面を見たら、また心を閉ざしてしまうかもしれない。

——どうしよう。

判断がつかず、それでも、自分が姉だったらどうだろうかと想像する。

——私だったらやっぱり、真実を知りたいと思う。それがどんなに残酷なものでも。

結局、玲子は京香にメールを送信した。

〈お姉ちゃん、今すぐパンパシのラウンジに来て。天野さん、お姉ちゃんが信じていい人じゃないかも〉

＊

——どうして、三人が一緒にいるの？

ラウンジの喧噪《けんそう》が一気に遠のいて、辺りの景色が渦を巻く。

京香は手招きする玲子の隣の席にしがみつくようにして腰掛けると、バッグからメモ用紙を取り出して、ボールペンで殴り書きした。

〝どういうこと?〟

〝──黙って後ろの話を聞いていればわかると思う〟

観葉植物を挟んで、京香たちの後ろの席に座っているのは、雅也とその新しい彼女だった。

さらに、二人の向かいには、なぜか天野まで座っている。

「──どうしよう、私、どちらも素敵すぎて決められないわ」

女性のおっとりとした声が聞こえた。

「どっちでも似合うと思うよ。ウェディングドレスはシンプルなミニだし、俺はこのくらいアッパーがデコラティブなほうがいいと思うけど。なあ、天野?」

どこか揶揄《やゆ》するような、絡みつくような言い方だった。

「──ええ。そうですね」

「二人がそう言うなら、じゃあ、こっちにしようかな」

「わかりました。それでは、白いドレスに合わせるウェディングシューズはこちらで」

天野が、淡々と受け答えする声が聞こえる。

──ウェディングドレス? ウェディングシューズ?

微かに耳鳴りがする。世界は再び色を失い、サングラスを外してもモノクロのままだ。もはや、呼吸をしているだけで精一杯だった。

――二人は、結婚するのだ。そして、花嫁の履くウェディングシューズを、おそらく天野がデザインしている。

〝お姉ちゃん、大丈夫？〟

玲子に返事をしようと思ったが、何と書いていいのかわからなかった。今起こっていることに、感情が追いついていかない。

そうして次に聞こえてきた女性の声に、京香の思考は完全に停止した。

「ケン・ハマナカにウェディングシューズをデザインしてもらえるなんて、本当に嬉しいです。一生の思い出になります」

ケン・ハマナカが、デザイン？

「――いいえ。僕はもう、ケン・ハマナカでは――」

答える天野の声は、低く、暗い。

これまで聞いた様々な声が頭の中に溢れてくる。

デッサンノートを盗まれたんだ。天野も、全くデザインをしないってわけじゃないんだがな――。〝MMD825　欲しければ、開けろ〟ノーコメントです。天野さん、パンプスデザインのデッサンを――。

「お姉ちゃん!?」

玲子に小さく呼ばれ、京香は自分が立ち上がったことに初めて気がついた。座り直そうと思うのに、足が勝手にふらふらと観葉植物を回り込んで、向こうの席へと歩いていく。

「待ってったら」

玲子が立ち上がって、京香の手を摑んできた。その手の温《ぬく》もりに、世界がほんの少し色を取り戻す。それでも一歩、踏み出した。

雅也がこちらに気がついて顔を上げる。天野の眉が、少し上がった。女は、どなた？　とでもいうように小首を傾げている。

「どういうこと？」

男たち二人は、何も答えない。女が、「ああ」と頷いて、場違いな微笑みを浮かべた。

「確か、ちょっと前に、家にいらしてくださいましたよね？」

天然なのか、それとも計算なのか読み取れない。

「京香さん、説明しますから来てください」

天野が立ち上がって近づいてくる。無機質な表情に、眉の上で一直線に揃った前髪。見た目はいつもの天野なのに、何者なのか、京香にはもうわからなかった。

「何も、聞きたくないから」

いやいやをするように首を振ると、京香は踵を返して早足で歩き、やがて駆けだした。

「お姉ちゃん⁉」

玲子の声が聞こえたが、立ち止まったら、自分がばらばらに砕けてしまいそうな気がする。

頭がこんがらかって、息が上手くできなくて、走っている足ももつれそうだった。ホテルを出てもなお、立ち止まらずに走りつづける。喉が焼けたみたいに熱く、瞼の裏がちりちりとした。

雅也があの子と結婚する？　そのウェディングシューズを天野がデザインする？　しかも、天野が——ケン・ハマナカ⁉

「なあ、待ってくれよ」

呼び止める声は雅也だ。しかし、今さら何を話そうと言うのだろう。

それでももう、足が言うことを聞かず、京香は徐々に減速していった。

摑まった手すりの向こうには海が広がり、ベイブリッジの明かりが冷たく光っている。額に汗がまとわりついて、気持ちが悪い。

「何も話すことなんてないよ」

絞り出すような声になった。

「しこりは残したくないんだよ。これからも同じ業界にいるわけだし」

この期に及んでも、雅也の口調には動じた様子がない。

「もともと、うやむやにして終わらせるつもりだったんでしょう？　ご丁寧に、私の再就職先まで世話して」

答える京香の声も、息は切れてはいるが平淡だ。自分が雅也に対して怒っているのかどうかも、わからなかった。

「ちゃんとタイミングを見て、話すつもりだったんだ」

「――いつから？　あの人と一緒にいるのは」

「一年半くらい前だよ」

そんなに前から、雅也は自分を裏切っていたのだ。京香が留学してたったの半年で、別の女と付き合い初めていた。唇の端が微かに震えたが、何も言葉が出てこなかった。

「沙也《さや》の父親は、ＮＫＢコーポレーションの社長なんだ」

「それって――ライバル会社だよね？」

京香の古巣でもあり、雅也の勤務するシューズメーカーと競合する大手だ。その社長の娘と結婚するということがどういうことなのか、京香にもぼんやりとわかる。

「出世のため？」

雅也がくっと喉仏を上げた。

「そうだよ」

「でも、プロジェクトは？　今関わってるプロジェクトはどうなるの？　雅也を信じて、ついてきてるチームの子たちは？」

「それなら、もう大体の道筋はつけてある。俺がいなくても、もう回っていくさ」

「天野さんは、最初から知ってたの？」

「あいつも最近知ったんだよ。あいつ、俺の言うことは何でも聞くから」

　自嘲気味に、雅也が笑った。

「言うことを聞くって、何？　一体、どれだけ私の知らないことがあるの」

「もしかして、あいつから何も聞いてないのか？」

　雅也は意外そうに目を見開いたあとで、苦笑する。この場にそぐわない笑い顔に、胸が抉られた。

　この人は、私の前で、もうこんなふうに笑えるんだ。

　想いの差を見せつけられるようで、惨めな気分が増していく。それでも意地で、会話をつづけた。

「何も聞いてない。靴のこと以外は」

「あいつらしいな」

雅也が今度は声を出して笑う。

「あいつの正体はな、ただの靴職人じゃない。おまえの崇拝してる伝説のシューズデザイナー、ケン・ハマナカだ。そして――俺の妹を殺した男だよ」

頭の奥がしびれた気がした。凍《い》てつくような、二つの瞳。自分は今、初めて雅也の本当の顔を見つめているのかもしれない。

「天野さんが、ケン・ハマナカ？　妹さんを殺したって、一体どういうことなの？」

「その先は、自分で話します」

静かに声が響く。振り向くと、天野が立っていた。潮くさい風が強く吹きつけて、一直線に揃っている前髪が、ばらばらに乱れる。

天野は、低い声で語り出した。

「美大に在学している時から立ち上げたシューズブランドで、私は世間からもてはやされるようになっていました。雅也とはその頃から一緒で、雅也の妹である晶《あきら》とも遊ぶようになって――自然と付き合うようになりました」

きれいで、気まぐれで、いろんな可能性のある子だった。彼女を見ているだけで、若かった天野の頭の中には、デザインのインスピレーションが湧いた。何足も、何足も、彼女の足を飾るためのデザインを考えた。

「ただひたすら、彼女の足を飾るためだけの靴です。そんなもの、何の意味もないのに」

天野が唇を嚙みしめる。

「大学を卒業し、生活の拠点をパリに移すと、私はますます忙しくなっていきました。晶も同行しましたが、彼女のためにデザインしたパンプスがヒットすることで、皮肉なことに、私と彼女の時間はどんどん削られていきました」

「それじゃあ、ハマナカ・ヒールっていうのは――」

天野がのろのろと頷く。

「すべて、晶のためにデザインしたものです。ただし、私はほとんどアトリエにこもりっぱなしで、コレクションの発表前には、部屋には一週間に一度しか戻らないということも普通でした。それで――気がつけたはずの晶の変化に、気がつかなかったんです」

散歩が大好きな人だった。いつも、歩きづらいはずのハマナカ・ヒールを履いて、街を歩いていた。それがいつの間にか部屋にこもりがちになり、笑い顔も、どんどん減っていった。気がついた時には、会話さえほとんどしなくなっていた。

「ある日、部屋に戻ると、彼女はワンピースにハマナカ・ヒールを履いて、窓際に立っていました」

天野は、必死に何かに耐えていた。視線の先には、おそらく過去に見た光景があるのだろう。

「おい、どうした？」

話し掛けると、晶はにっこり笑って、窓の手すりに足を掛けて、そのまま――。

「アパルトマンの十階から飛び降りました」

雅也が天野に摑みかかり、胸元を締め上げた。体格差のある天野は、簡単に地面から足を浮かせる。

「雅也⁉」

突き放されて、天野が地面に倒れ込んだ。

「マスコミはこぞって騒ぎ立て、私は、一夜にしてゴシップまみれになりました」

その後の話は、京香もよく知っている。ケン・ハマナカとしての天野は一切の表舞台から姿を消し、その唐突な幕引きのせいもあって、伝説になったのだ。彼がそれまで発表した作品にはプレミアが付き、ファンの間で高値で取引されるようになっていく。

「履く人を包み込んで守るような、ずっと一緒に歩きつづけられるような靴を作る職人だったら、私は決して、晶を死なせることはなかった。なぜなら、そういう靴は、履く人と話し、触れ合うことでしか作れないからです」

「お前のせいで、晶は自殺したんだ。お前のせいで――」

雅也は、冷静さを失ったままだ。そのせいか、逆に京香の頭は醒めていった。こんな時、心から同調し、寄り添える女だったら、雅也は今も自分のそばにいてくれたのだろうか。

「私だったら、絶対に自殺なんてしない。恋人が家に帰ってこないから？　自分を放っておいたから自殺する？　じゃあ私は、あんたに放っておかれた時点で、とっくに死んでる」

雅也が、ぐっと押し黙る。

「自分の足で、誰にも代わりができない自分として立つの。そうすれば——」

「——そういう強い奴ばっかじゃないんだよ！」

雅也が乱暴に京香の言葉を遮った。こんなことは初めてだった。

「お前には、誰にもない才能がある。でも晶には、何もなかったんだ」

「代わりのきかない自分になるためには、目の前で死んでみせるしかなかったってこと？」

我ながら、驚くほど温度のない声だった。

脳裏に、白い布を被った塊が浮かんでくる。町の商店街で靴屋を営んでいた両親は、郊外の大型店の勢いに押され、経営がたちゆかなくなった。潮時を見極めて店をたためばよかったものを、借金をしてまで、代わり映えのしない店をつづけようとした。その挙げ句に、二人で車の事故を起こし、あっけなく他界してしまったのだ。保険金で借金はチャラになったが、京香と玲子は、たった二人でこの世界に残された。

きっと事故じゃない、自殺よねえ。借金を命で払うなんて、子供もまだ小さいのに。
葬式の席で口さがない親戚が言うその意味を、京香はもう十分に理解できる歳になってい
た。もちろん、真相はグレイだ。しかし、在庫が一掃され、不自然なほど空っぽになった店
が自分たちに遺された時、両親はやはり自分たちの意思でガードレールを越えたのだと思っ
た。その時の光景が甦ってくると、もうとっくに冷え切ったと思った怒りが、ふいに熱を持
って吹き出してくる。
「妹さんが死んだのは、天野のせいじゃない。ましてや、雅也のせいでもない」
はっと雅也がこちらに目を向ける。
「勝手に死んじゃった人のせいだよ」
雅也が、ぐっと手すりを握りしめる。
「そうだったな、お前の両親も確か——」
玲子とさえも話すことを慎重に避けてきたこの話題を、打ち明けたことのある相手だった。
それでも今はもう他人なのだと思うと、気持ちが激しく揺さぶられ、立っているのもやっと
だった。
「お前を天野のところに行かせたのは、時間稼ぎをしようと思ったわけじゃないんだ。言い
訳にしか聞こえないかもしれないけど——」

「私を利用して、デッサンノートを手に入れようとしたんでしょう？」

雅也が、薄く笑った。

「それも、企みの一つだよ。まあ、結局そうなる前に、すべて壊れたがな」

「企みの一つ？　すべてでしょ？」

吐き捨てると、雅也は「いいや」と首を振った。

「お前には才能がある。二人でブランドを立ち上げればいつか、俺がお前のお荷物になる時がやってくるのは目に見えてた」

否定しようとした京香を、雅也が目で制する。

「京香と一緒にいると、よくみじめな気分になったよ。お前のデザインはどんどん伸びていくのに、俺は、誰かの焼き直しみたいなものしか浮かばない」

一緒にいるのが苦しかった。相手が輝けば輝くほど、自分がくすんだ存在に思えた。イタリアに行って、さらに輝きを増して帰ってくる恋人が怖かった。

「小さい男だろ？　お前の付き合ってた男は、こんなもんだ。そういう俺でも、守ってやれる相手と会ったんだ。あいつと結婚するのは、出世のためだけじゃない」

心から雅也を信頼して、頼りにしている。そんな沙也の様子を思い出す。沙也は、京香が雅也に与えられないものを、多分、天性で持っているのだ。どうせ持つなら、そういう才能が良かったと、苦い気持ちで思う。

　雅也が、天野に視線を移した。

「お前もケン・ハマナカの名前を捨てて、デザインを一切止めた。それでも、靴の世界から完全には離れられずにいたくせにな」

「だから、何が言いたいの？」

「こいつの靴作り、ちょっとすごいだろ？　それでさ、お前のデザインも、ちょっとすごいんだよ。二人が会えば、必ず刺激し合えると思った」

「コルドニエ・アマノを紹介したのは、私たちのためだって言うつもり？」

　思わず笑った。なんて都合のいい言い訳なんだろう。

「少なくとも天野のデザインは、昔よりさらに進化してる」

「天野さんにウェディングシューズを頼んだのも、意図的だっていうの？　デザインをまた始めさせるために？」

　雅也は京香を見つめた。

「デザインをしてくれって、わざわざ女性客を送り込んでも、こいつが動かないからだよ」

　そう言えば、突然、パンプスを作ってほしいと飛び込みでやってきた女性客がいた。あれは、雅也が仕掛けてた偽者の客だったのだ。

天野は、驚いたように、息を詰めている。

「もちろん、どう思われても仕方がないと思ってる。ただ利用しただけだと思うなら、それでもいい」

――そんな言い方、ずるいよ。

こちらを見つめる雅也の目は、瞬きさえしない。恋人だった時、そんなふうにまっすぐな表情は見たことがなかった。

ラウンジに戻ると、玲子と沙也が、所在なさげに待っていた。こちらの姿を認めると、二人とも立ち上がる。

「――お姉ちゃん！　天野さんも」

雅也のそばには、沙也が駆け寄っていく。京香の隣には、天野が突っ立ったままだ。

「本当に、天野さんが、ケン・ハマナカなんだよね？」

「――ええ、そうです。騙すつもりはありませんでしたが、もう二度と、その名前を出すつもりはなかったので」

あんなに憧れていた相手が、今、ここにいる。ずっと憎まれ口を叩いてきた雇い主の姿をして――。

京香は、深く息を吸った。

決して人前には姿を見せなかった伝説のシューズデザイナー。もしも、ケン・ハマナカ本人に会えることがあったら、ずっと伝えたかったことがあった。

「一言だけ言っとく。どんな気分でも、あのヒールを履けば、私はめちゃくちゃ幸せになれる。ちょっと履き心地が悪いけど、そんなの、パンプスの宿命だし」

天野が、細い目を二、三度しばたたく。

「私は——、私にはもう、そんなふうには思えません。しかし、今だからこそ生まれてくるデザインがあるのかもしれないとは、思っています」

こんな日でも、高いヒールを履いてしっかりと立っている自分がいる。誰かを頼りきらなくてもこうして立っていられる自分が、京香は嫌いではない。

「——そう」

もう一度、出口に向かって歩きだした。残された三人に「それじゃあ」と声を掛ける。玲子も京香の後ろからついてきた。

一歩ごとに、心がばらばらに壊れていくような気がする。それなのに、少しも、嫌な感じがしないのが不思議だった。

多分、もういらなくなった硬い何かが、砕けているんだ。

外に出ると、空気が澄んでいるのか、横浜の夜景がいつもよりくっきりと迫ってくる。

「ねえ、天野のウェディングシューズのデザイン、見た？」

「うん、見た」

「あれ、すごく良かった。私――今、デザインしたくてたまらない」

「お姉ちゃん――」

半ば呆れたような顔をしたあと、玲子は京香に抱きついてきた。

＊

翌日、京香は天野に辞表を差し出した。

「辞めるんですか？」

「うん、正式に、自分のブランドを立ち上げることにしたから」

自分が話している相手がケン・ハマナカだと思うと、足が震えそうになる。デザインについて、聞きたいことも、話したいことも、山ほどあった。

「――そうですか」

「ついては、こっちの賃貸契約書にサインしてほしいんだけど」

天野が一瞬、黙った。

「賃貸、ですか？」

昨日、マンションに帰ったあと、ネットを参考にして作ったごく簡単な契約書を、天野に向かって差し出す。

「私、タダでここに間借りすることにしたの。その代わり、デザインを受注したら、コルドニエ・アマノにパンプス作りを独占的に発注してあげる。それと、雑用くらいならしてあげるけど。それでどう？」

まだ店を借りるような力もないし、デザイナーと作り手はそばにいたほうが色々と都合がいい。しかも、ケン・ハマナカのデザインを間近で見られるのだ。

「私はタダで作業場が手に入るし、そっちはタダで雑用係を雇える。とはいえ、ちょっと不公平な契約だけど。まあ、色々と隠してたわけだし、これくらいはしてくれてもいいよね？」

天野の目をまっすぐに見つめると、珍しく、口角を上げた。

「――いいでしょう」

機嫌が悪くはなさそうな天野に、もう一歩、踏み込んでみる。

「ねえ、本人なら、プレミアムもののハマナカ・ヒール、たんまり持ってるのよね？」

ずっと気になっていたことだった。伝説のMMD8825も、本当はあの時、天野は持っていたのではないだろうか。

「そんなもの、ありませんよ」

天野はしかし、こちらの目を見てはいない。絶対に、嘘だ。

「そんなこと言わないでさあ。捨てちゃえるはずないじゃん」

我が子のようなパンプスだ。きっとどこかに取っておいてあるはず——おそらく、牛久のところに。

預け先が牛久のところならば、急にパンプスを持ち出した天野の財政状況を心配したとしても、不思議ではない。現に雄大だって、「てっきり換金するつもりだと思ってた」という牛久の呟きを聞いている。

「ないものはないんです」

「ちょっとお」

「昔、書きためていた未発表のデッサンノートならこの机の中にあったんですが。雅也にやりました。おそらく、彼が京香さんに探させたかったのは、あのノートです」

天野が何を口走ったのかを理解するのに、一、二秒かかった。

「な、なんでそんな大事なもの、あげちゃったの⁉　何考えてるのよ！」

「あんなものは駄作です。今ならもっといいデザインが描けますから」

駄作だと思うのは、おそらく天野だけだ。二人で揉めている最中に、雄大が、暢気《のんき》な顔でやってきた。またお菓子でも作ってきたのか、大きな箱を抱えている。

「おはようございまあす」

雄大は、昨日の騒ぎをまだ何も知らない。さて、何から話してやろうか。

「どうしたんですか、二人とも、何だかごきげんですね」

「何でもありません」

慌てる天野の顔がおかしい。きっと雄大も、仕事が手につかなくなるほど驚くだろう。

「え〜、何ですか。教えてくださいよお」

雄大が、きのこ頭を揺すって、京香と天野を交互に見た。

——ここから、つぎの一歩を踏み出すんだ。

改めて店内を見回していると、天野がさっきの契約書を突き返してきた。

「サイン、しておきましたから」

「——ありがとう」

「だから、サインとか、何のことですかったらあ」

雄大のとぼけた声に思わず吹き出してしまう。

扉が開いて、物珍しそうな顔で店内を見回すスーツ姿の若者が入ってきた。

「いらっしゃいませ」

京香が、笑顔を向ける。

「あの、すみません、営業用の丈夫な靴が欲しいんですけど」

「もちろんです。たくさん歩く方にこそ、うちの靴を履いていただきたいんですよ。デザインもご相談ください」

天野の誇らしげな声が、店内に響いた。

執筆にあたり、東京銀座『てつじ屋』上田哲司様・上田英代様・石川直希様に、取材させていただきました。楽しく興味深いお話の数々、本当にありがとうございました。この場を借りて深くお礼申し上げます。

【参考文献】
『ビッグマンスペシャル MEN'S EX 特別編集　最高級靴読本アーカイブス』（世界文化社）
『MEN'S EX 特別編集　最高級靴読本　究極メンテナンス編』（世界文化社）
大谷知子『百靴事典　靴脱ぎ文化国版（オールアバウト靴用語）』（シューフィル）

この作品は書き下ろしです。原稿枚数420枚(400字詰め)。

幻冬舎文庫

●好評既刊
ペンギン鉄道　なくしもの係
名取佐和子

電車での忘れ物を保管する遺失物保管所、通称・なくしもの係。そこを訪れた人は落し物だけではなく、忘れかけていた大事な気持ちを発見する……。生きる意味を気づかせてくれる癒し小説。

●好評既刊
パティシエの秘密推理
お召し上がりは容疑者から
似鳥　鶏

警察を辞めて、兄の喫茶店でパティシエとして働き始めた惣司智。鋭敏な推理力をもつ彼の知恵を借りたい県警本部は、秘書室の直ちゃんを送り込み難解な殺人事件の相談をさせることに――。

●好評既刊
正三角形は存在しない
霊能数学者・鳴神佐久に関するノート
二宮敦人

女子高生の佳奈美は、霊が見たいのに霊感ゼロ。「見える」と噂の同級生に近づくと、彼の兄は霊現象を数学で解説する変人霊能者だった。まさかの結末まで一気読み必至の青春オカルトミステリ。

●好評既刊
「ご一緒にポテトはいかがですか」殺人事件
堀内公太郎

アルバイトを始めたあかり。恋した店長札山は連続殺人事件との関係が噂されていた。疑いを晴らそうと、殺人鬼の正体に迫るあかりだが――。恋も事件もスマイルで解決!? お仕事ミステリ!

●好評既刊
クラーク巴里探偵録
三木笙子

人気曲芸一座の番頭・孝介と新入り・晴彦は、贔屓客に頼まれ厄介事を始末する日々。人々の心の謎を解き明かすうちに、二人は危険な計画に巻きこまれていく。明治のパリを舞台に描くミステリ。

不《ふ》機《き》嫌《げん》なコルドニエ

靴職人《くつしょくにん》のオーダーメイド謎解《なぞと》き日誌《にっし》

成田《なりた》名璃子《なりこ》

平成27年5月15日　初版発行

発行人――石原正康
編集人――袖山満一子
発行所――株式会社幻冬舎
〒151-0051東京都渋谷区千駄ヶ谷4-9-7
電話　03(5411)6222(営業)
　　　03(5411)6211(編集)
　　　振替00120-8-767643
印刷・製本―中央精版印刷株式会社
装丁者――高橋雅之

幻冬舎文庫

ISBN978-4-344-42342-8　C0193　な-38-1